MIRA®

Der Preis dieses Bandes versteht sich einschließlich
der gesetzlichen Mehrwertsteuer.

*Umwelthinweis:*
Dieses Buch wurde auf chlor- und säurefreiem Papier gedruckt.

*Emilie Richards*

# Denk nur an uns beide

Roman

Aus dem Amerikanischen von
Constanze Suhr

MIRA

MIRA® TASCHENBUCH
Band 25470
1. Auflage: April 2010

MIRA® TASCHENBÜCHER
erscheinen in der Cora Verlag GmbH & Co. KG,
Valentinskamp 24, 20350 Hamburg

Deutsche Taschenbucherstausgabe



Titel der nordamerikanischen Originalausgabe:
Sweet Georgia Gal

erschienen bei: Silhouette Books, Toronto
Published by arrangement with
HARLEQUIN ENTERPRISES II B.V./S.àr.l.

Konzeption/Reihengestaltung: fredebold&partner gmbh, Köln
Umschlaggestaltung: pecher und soiron, Köln
Redaktion: Claudia Wuttke
Titelabbildung: pecher und soiron, Köln
Autorenfoto: © Harlequin Enterprise S.A., Schweiz
Satz: Buch-Werkstatt GmbH, Bad Aibling
Druck und Bindearbeiten: CPI – Ebner & Spiegel, Ulm
Printed in Germany
Dieses Buch wurde auf FSC-zertifiziertem Papier gedruckt.
ISBN 978-3-89941-767-8

www.mira-taschenbuch.de

# 1. KAPITEL

Die kleine Gruppe im Garten bot ein romantisches Bild. Unter einem Baum hing eine Schaukel. Dort saß eine junge Frau. Sie plauderte mit einigen Kindern, die sie umringten. Von Zeit zu Zeit gab sie der Schaukel etwas Schwung, und dann flatterte der weiche Stoff ihres langen grünen Kleides im Wind.

Stacey MacDonald mochte gern mit Kindern zusammen sein. Sie fühlte sich hier auf der Schaukel wie früher, wenn sie mit ihren Brüdern und Schwestern zusammengesessen und Geschichten erzählt hatte.

„Stacey, kommst du nächste Woche vorbei, um dir mein Fußballspiel anzusehen? Ich bin der Torwart!"

„Schrei nicht so, ich will auch etwas sagen!"

„Gefällt dir meine Frisur, Stacey? Ich wollte mein Haar eigentlich so geschnitten haben wie dieser Punkmusiker im Fernsehen, aber Mom erlaubte es nicht."

Die Schaukel stand wieder still, weil die Kinder Stacey bedrängten.

„Geh zur Seite, Heidi, sonst werde ich …"

„Schluss jetzt, ihr Nervensägen! Stacey ist sonst erschöpft, bevor die Party überhaupt begonnen hat." Margie Finlaw, Staceys Cousine, stürmte in den Garten und schob ihren Nachwuchs sanft, aber bestimmt zur Seite. Müde strich sie sich den gelben Baumwollrock glatt. „Geht ihr bitte hinein und bittet euren Vater, die Barbecuesoße vorzubereiten?"

Stacey drückte den Kleinsten zärtlich und blickte den Kindern nach, die hintereinander die Treppe zur Veranda hinaufstolperten. Dann wandte sie sich ihrer Cousine wieder zu und sah ihr ernst in die Augen. „Das war nicht nötig, Margie. Du weißt, was ich für deine Kinder empfinde."

„Ich weiß, dass du die Party mit den Kindern statt mit uns Erwachsenen feierst, wenn ich nicht aufpasse. Ich habe mir geschworen, das zu verhindern." Margie versuchte sich kühle Luft zuzufächeln, und Stacey lächelte. Sie mochte Margie und ihre lebhafte Art. „Den Sommer in Tallahassee sollte man im Haus verbringen, bei ruhiger Unterhaltung. Warum veranstalte ich ein solches Fest? Wer außer mir kommt auf die Idee, in dieser Hitze eine Grillparty im alten Stil zu feiern?"

„Du liebst eben alles Aufregende, Margie, das weißt du doch selbst genau." Stacey betrachtete die Umgebung. Das alte weiße Farmhaus umstanden mächtige Eichen und Hickorys, die willkommenen Schatten spendeten. Auf der ausgedehnten Rasenfläche gab es Blumenbeete in prächtigen Farben. In einiger Entfernung, hinter einer alten, baufälligen Scheune, glitzerte ein kleiner tiefblauer See. „Ich bin so glücklich, dass du mich eingeladen hast, Margie. Ich mag dieses Haus. Durch das Examen war ich so sehr beschäftigt, dass ich nun das Gefühl habe, dich eine Ewigkeit nicht gesehen zu haben."

„Ron hat mich über dich auf dem Laufenden gehalten. Als dein Lehrer am College konnte er gut ein

Auge auf dich haben.“ Margie beugte sich vor, um der Cousine eine Strähne aus dem Gesicht zu streichen. „Bist du froh, endlich mit dem Studium fertig zu sein?“

„Ich bin erleichtert. Nachträglich habe ich das Gefühl, die Zeit hätte fünf Jahre stillgestanden. So gern ich auch studiert habe, nun freue ich mich darauf, mich um andere Dinge kümmern zu können.“ Stacey räkelte sich genüsslich. „Ich muss mich nur noch nach einem Lehrerjob im nächsten Herbst umsehen.“

Margie lächelte ihr aufmunternd zu. „Das dürfte mit deinem Zeugnis nicht schwierig sein. Bei den sagenhaften Noten ...“ Sie lachte, als sie Staceys Verlegenheit bemerkte. „Komm schon, ich weiß von deinen großartigen Leistungen. Schließlich bin ich mit deinem Ausbilder verheiratet. Ein erfolgreiches Studium und Liebe zu Kindern: Das kann doch nicht schiefgehen.“

Komplimente waren Stacey peinlich. Sie wechselte schnell das Thema. „Nun, es gibt leider nicht sehr viele Jobs, das habe ich festgestellt. Es ist nicht so einfach, etwas zu finden, trotz meiner Qualifikation. Ich muss mich umsehen, welche Möglichkeiten mir bleiben. Inzwischen werde ich mich um einen Job für den Sommer kümmern.“

„Ich denke aber, du bist einfallsreich genug.“ Margie stand auf und reichte Stacey die Hand. „Komm, du bist schon so zeitig gekommen, ich nehme an, du willst mir helfen.“

„Ich bin eher zuverlässig als einfallsreich.“ Stacey folgte ihr, und Margie öffnete die quietschende Gittertür, die zur Veranda führte. „Welche bedeutenden Aufgaben willst du mir übertragen?“

„Mach dich nicht über mich lustig, sonst werde ich nachher einige Geschichten aus deiner Kindheit zum Besten geben.“

„Ich war stets sehr artig.“

„Na gut, aber vielleicht gibt dann wenigstens deine Teenagerzeit etwas her?“

Im Wohnzimmer des Farmhauses lagen Puzzles und anderes Kinderspielzeug herum. Stacey begann automatisch zusammenzuräumen. Sie verstaute alles in den Regalen.

„Was könntest du schon über mich erzählen?“, wollte sie von Margie wissen. „Ich war in Georgia, und du hast geheiratet und bist deshalb nach Florida gezogen.“

„Über meine Mutter konnte ich alles über das Leben und Treiben der gesamten Familie MacDonald erfahren. Sie hat mich auf dem Laufenden gehalten. Willst du einen Beweis? Ich kann mich zum Beispiel an eine Geschichte erinnern, in der du und ein Junge von einem Ausflug nach Hause geschickt wurdet. Da müssen ja aufregende Dinge passiert sein.“

„Der Skandal meines Lebens.“ Stacey schlug theatralisch die Hände über dem Kopf zusammen und setzte sich auf ein Sofa. „Der Draufgänger hat mich doch tatsächlich vor den Augen des Pfarrers und seiner Gemeinde geküsst.“

„Dein erster und letzter Kuss?"

Stacey griff nach einem Kissen und warf es Margie treffsicher an den Kopf. „Das möchtest du wohl gern wissen, was?"

„Ich habe es damals mitbekommen, wie sich deine Verehrer um dich drängten. Na ja, nun sorge ich dafür, dass alles seine Ordnung hat. Wenn du so weitermachen willst wie früher, wie du dich ausdrückst, dann musst du in dieser Gegend vorsichtig sein."

„Tugendsam, mädchenhaft und unschuldig, meinst du das?"

„Ich glaube, ich habe noch mehr Interessantes von dir gehört. Mal sehen, wie war das noch?" Margie stellte sich zum Spaß in Pose und begann mit feierlicher Stimme einen Radiosprecher zu imitieren. „Das Haar glänzt honigbraun, die Augen leuchten, die Haut erinnert an zarten Pfirsich, und die Lippen sind so süß und rot wie Kirschen. Stacey MacDonald, Gainesvilles Kandidatin für die Wahl der Miss Georgia, ist von einer natürlichen Schönheit, und die kommt bei ihr sowohl in Jeans als auch in eng anliegendem Trikot zur Geltung."

Stacey blickte zur Seite und versuchte, gleichgültig zu wirken. „Ich staune, dass du den alten Zeitungsartikel so genau im Gedächtnis hast! Nebenbei gesagt, ich habe mich der Presse nicht im Badeanzug vorgestellt."

Weil Stacey sich voller Ernst verteidigte, hörte Margie mit dem Necken auf. Stacey wohnte in Tallahassee, seit sie dort die Florida State Universität besuchte, und die beiden Frauen waren gute Freundinnen geworden. Der Altersunterschied von zehn Jahren störte sie nicht. Margie verstand die jüngere Cousine gut. „So wie ich dich kenne, war der ganze Wirbel um deine Person für dich schwer zu ertragen."

„Das stimmt, aber das Einkommen, das ich als Miss Georgia erzielte, hat mir das Studium ermöglicht."

Margie legte Stacey die Hand auf die Schulter. „Du weißt, dass wir alle stolz auf dich sind. Immerhin bist du die Erste in unserer Familie mit einem akademischen Grad."

Stacey hob den Kopf und lächelte. „Danke, Margie."

„Kannst du hier mit dem Aufräumen weitermachen? Ich gehe in das Badezimmer ins obere Stockwerk, um zu sehen, ob dort alles in Ordnung ist. Sollte irgendjemand kommen: Stell dich selbst vor."

Stacey ging durch das Zimmer, strich die Bezüge der Möbel glatt und ordnete die Kissen. Margies Heim war für sie fast so vertraut wie das ihrer Kindheit. Die beiden Häuser waren sich tatsächlich entfernt ähnlich, es gab jedoch einen bedeutenden Unterschied: Das stattliche Haus der MacDonalds war seit seiner Erbauung kaum verändert, nur später um einen Anbau erweitert worden. Das war nötig gewesen, als sich die Kinderzahl dem Dutzend näherte. Margies Haus war dagegen fachmännisch renoviert worden. Die einzelnen Räume wirkten nun viel heller und größer als sonst üblich. Stacey empfand den Aufenthalt hier als eine willkommene

Abwechslung, in ihrem eigenen kleinen Apartment fiel ihr manchmal die Decke auf den Kopf.

Draußen ertönten Autohupen und lautes Lachen. Stacey lief zur vorderen Veranda, um die ankommenden Gäste zu begrüßen. Einige von ihnen kannte sie, es waren Studenten aus Ron Finlaws Seminaren, die anderen Kollegen von ihm. Nach ihnen kamen die Bewohner der umliegenden Farmhäuser, sie brachten eine Schar Kinder mit.

Nicht alle Besucher waren kostümiert. Es gab wie immer auch bei diesem Treffen eine Gruppe von Collegestudenten, die auf ihre obligatorischen T-Shirts und abgeschnittenen Jeans nicht verzichten wollten, doch die meisten Gäste hatten sich dem Motto der Party gemäß altmodisch gekleidet. Im Nu war Stacey in lebhafte Gespräche einbezogen. Sie unterhielt sich eine Weile und entschuldigte sich dann, um Margie noch einmal ihre Hilfe anzubieten.

Das Wohnzimmer sah noch immer ordentlich aus. Offensichtlich war es noch nicht von den vielen Kindern entdeckt worden, die an der Party teilnahmen.

An der Wand gegenüber der Eichenholztreppe hing eine Sammlung interessanter Porträts. Jetzt erst bemerkte Stacey, dass den abgebildeten Frauen und Männern, die alle so ernst dreinblickten, einige weitere hinzugefügt worden waren. Als sie näher hinging, um Margies Kostbarkeiten zu betrachten, stolperte sie über etwas: Es war ein kleines Mädchen, das sich hinter dem

Couchtisch versteckt hatte. Und dabei hatte Stacey geglaubt, allein zu sein.

„Oh, Kleines, es tut mir so leid!“ Sie hockte sich neben das bildhübsche blondgelockte Mädchen. „Habe ich dir wehgetan?“

Statt einer Antwort bekam sie nur leise Schluchzer zu hören.

Ohne zu zögern, griff Stacey sich die Kleine gegen deren Willen und hob sie hoch. „Ich kann dich doch nicht einfach weinen lassen. Habe ich dir sehr wehgetan?“

Das kleine Mädchen hörte nicht auf zu weinen, als Stacey seine kleinen Füße untersuchte, die in weißen Sandälchen steckten. „Es kann nichts Schlimmes sein, aber es tut dir sicher weh, nicht wahr? Komm, wir wollen deine Mutter suchen gehen.“

Mit dieser Bemerkung rief Stacey einen weiteren Tränenschwall hervor, sie drückte das Kind deshalb fest an sich. Stacey hatte früher immer ihre kräftigen, stämmigen Geschwister auf dem Arm getragen. Nun war sie erschrocken, wie zerbrechlich die Kleine wirkte. „Ach, du meine Güte“, flüsterte sie, „lass uns etwas zum Essen für dich holen.“

Stacey hatte das Kind immer noch auf dem Arm, als die Terrassentür zugeschlagen wurde und jemand durch das Wohnzimmer auf sie zukam. Als sie sich umdrehte, sah sie einen stattlichen Mann mitten im Raum stehen. Sie kannte ihn nicht, er war ihr bisher nicht vorgestellt worden. Dessen war sie sich absolut sicher, denn ihn hätte sie bestimmt nicht so schnell vergessen.

Sein gelocktes braunes Haar mit dem leichten rötlichen Schimmer gefiel ihr. Mit seinem gebräunten Teint und dem wachen Blick, den dunklen Augen war er ein Bild von einen Mann. Sein Baumwollhemd stand weit offen. Das und die eng sitzende Jeans unterstrichen seine männliche Ausstrahlung. Stacey sah verlegen zu Boden und bemerkte dabei seine bloßen Füße. So müssen Tom Sawyer oder Huck Finn als erwachsene Männer aussehen, dachte sie dabei.

Ich habe ihn jetzt lange genug betrachtet, sagte sie sich, obwohl es ihr schwerfiel, den Blick abzuwenden. Sie hatte dabei das unerklärliche Gefühl, dass diese Begegnung bedeutungsvoll war. Und das machte ihr Angst. Deshalb bemühte sie sich, den Bann zu brechen, unter dem sie stand.

Im Gegensatz zu Stacey fand der Fremde nichts dabei, sie gründlich in Augenschein zu nehmen. Er machte es so lange und so intensiv, dass sie glaubte, rot zu werden, wenn sie nicht gleich irgendetwas sagte.

„Entschuldigung, wissen Sie, wessen Kind das ist?" Stacey erstaunte es, dass sie plötzlich wieder mit dem starken Akzent ihrer Heimat Georgia sprach. Sie hatte sich das eigentlich während der Studienzeit abgewöhnt. Was soll das?, fragte sie sich. Spiele ich hier die Schöne aus dem Süden?

„Die Kleine gehört mir." Der Fremde sah Stacey fest in die Augen und lächelte freundlich, als er ihr offensichtliches Erstaunen bemerkte.

Wenn es sein Kind ist, warum nimmt er es mir nicht ab? Und wenn dies so ist ... dann ist er verheiratet, dachte Stacey und beugte sich schnell zu dem kleinen Mädchen hinunter, um ihre Enttäuschung zu verbergen. „Ich bin ihr aus Versehen auf den Fuß getreten. Sie hatte sich hinter dem Tisch versteckt, ich konnte sie nicht sehen. Aber es ist alles in Ordnung. Oder nicht, Kleines?"

Das Mädchen saß ruhig auf Staceys Arm. Es war nicht sehr daran interessiert, zum Vater zu kommen. Stacey ging deshalb zu ihm hinüber, um ihm seine Tochter zu bringen. Als er die Arme nach dem Kind ausstreckte und Stacey dabei versehentlich berührte, lief es ihr heiß und kalt über den Rücken.

Das kleine Mädchen fing auf der Stelle wieder an zu schluchzen. Bei all seinem Charme schien der Fremde nicht zu wissen, wie man mit einem Kind umgeht. Unbeholfen drückte er es an sich. „Ist ja gut, Christy", versuchte er es zu trösten, „ist ja gut."

Stacey drehte sich schnell um. „Ich glaube, ich lasse Sie lieber allein." Sie hielt es für klüger, den Raum schnellstens zu verlassen. Ob verheiratet oder nicht, dieser Mann war ihr viel zu attraktiv.

„Bitte, bleiben Sie doch!"

Seufzend wandte Stacey sich den beiden wieder zu. Das Mädchen musste ungefähr zwei Jahre alt sein, der Vater ungefähr dreißig. Wieso kam er nicht mit ihr zurecht?

„Ich denke, dass sie nur einen Schreck bekommen

hat“, beruhigte sie ihn. „Jetzt ist sie eben ein bisschen aufgeregt.“

Ihr Gegenüber grinste anzüglich. „Da ist sie nicht die Einzige.“

Da hast du recht, dachte Stacey. Sie fühlte sich wie magisch von dem Fremden angezogen. Reiß dich zusammen, ermahnte sie sich. Dieser Mann hat ein Kind, er ist also verheiratet, vergiss das nicht.

„Hast du Christy gefunden? Ach, da ist sie ja.“ Ein ungefähr zehnjähriges Mädchen stand an der Tür und winkte der Kleinen zu. „Komm her, Christy. Heidi will uns die jungen Hunde zeigen.“

Kein Zweifel, die beiden Mädchen hatten die gleichen Eltern. Sie waren mit dem gleichen weißblond gelockten Haar und großen blauen Augen gesegnet. Stacey konnte sich gut vorstellen, wie ihr Vater später alle Hände voll zu tun haben würde, um auf sie aufzupassen.

Christy wurde plötzlich ganz fröhlich. Sie befreite sich mit einem aufgeregten Schrei aus der Umarmung ihres Vaters, um dem Mädchen an der Tür entgegenzulaufen. Ohne weiteren Kommentar hob die Ältere ihre Schwester vom Boden hoch und verschwand mit ihr nach draußen. Stacey beobachtete die Szene erstaunt und sah den Vater fragend an.

Der machte den Eindruck, als hätte er das schon öfter mit seinen Kindern erlebt. Er war nicht besorgt, im Gegenteil. Als sie allein waren, begann er Stacey wieder ausgiebig zu mustern.

„Nun, die Krise ist überwunden, da kann ich endlich nachsehen, ob Margie meine Hilfe braucht." Um Himmels willen, woher kommt nur plötzlich mein Akzent? Was macht dieser Mann nur mit mir?

„Vielen Dank für Ihre Hilfe." Der Fremde strich ihr leicht über die Wange. „Hat dieses Erröten etwas mit dem Kostüm zu tun, oder ist das immer so bei Ihnen?"

„Wieso dürfen eigentlich moderne Frauen nicht rot werden?" Die sanfte Berührung machte Stacey noch nervöser.

Er blickte sie freundlich an, es sah aus, als wolle er sie im nächsten Augenblick umarmen. „Die, die ich bisher getroffen habe, wurden es nicht. Es wirkt aber sehr anziehend. Vielleicht könnten wir das wieder in Mode bringen?"

„Kümmern Sie sich darum, ich werde inzwischen nach Margie sehen." Stacey riss sich zusammen und verließ eilig den Raum. Sie gab vor, ihre Cousine zu suchen, die sich ganz sicher in der Küche aufhielt. Doch bevor sie dorthin ging, brauchte sie erst einmal frische Luft.

Stacey lief zu den Gästen, die den Grill umstanden. Dort herrschte noch mehr Wärme, es war fast unerträglich. Es roch allerdings verlockend. Große Stücke köstlich duftenden Fleisches waren aufgespießt, von denen tropften das Fett und würzige Soße auf die Kohlen. Stacey gab Ron Finlaw einen flüchtigen Kuss auf die Wange und scherzte eine Weile mit ihm. Jemand drückte ihr ein Glas eisgekühlter Limonade in die Hand, und sie setzte sich auf eine Decke, um mit Freunden zu plaudern. Doch sie war nur halb bei der Sache, denn ihr ging ständig die Begegnung mit dem attraktiven Fremden durch den Kopf.

Warum hatte sie auf diesen Mann nur so stark reagiert? Sie war mit ihren dreiundzwanzig Jahren schon vielen gut aussehenden Männern begegnet. Warum fand sie gerade diesen einen so faszinierend? Warum musste es ausgerechnet ein verheirateter Mann sein, der sie aus ihrem Dornröschenschlaf erweckte? Sosehr sie sich auch bemühte, die Begegnung mit ihm wollte ihr nicht mehr aus dem Kopf gehen.

Margie gesellte sich zu der Gruppe am Grill und stellte Stacey den wenigen Gästen, die sie noch nicht kannte, vor. Es gab jetzt nur noch eine Person, deren Namen Stacey unbekannt war: Wo steckte ihr aufregender Unbekannter nur?

„Ist Ryan schon da?“, fragte eine von Rons Kolleginnen Margie.

Die machte eine Handbewegung zum Haus. „Er ist irgendwo bei den Kindern.“

„Ryan?“, fragte Stacey beiläufig.

„Ryan Cunningham, der Architekt, der uns bei der Renovierung des Hauses geholfen hat.“ Sofort entstand eine lebhafte Debatte über dieses Thema.

Ryan Cunningham. Stacey lehnte sich zurück und versuchte sich an das zu erinnern, was sie schon von ihm wusste. Denn dass sie ihn im Wohnzimmer getroffen hatte, daran bestand für sie kein Zweifel. Das war also der berühmte Architekt, den man in ganz Florida kannte!

Er gehörte zu den Bürgern von Tallahassee, die es zu etwas gebracht hatten. Sein Name war weit über die Landesgrenzen hinaus bekannt. Weil seine Entwürfe sich auf so einzigartige Weise in die Umgebung einfügten, erhielt er nun von aller Welt Aufträge.

Wieso hatte gerade er Margie und Ron dabei geholfen, das Haus zu renovieren? Dass sich ein Architekt seines Ranges mit solchen Arbeiten befasste, erschien Stacey fast unglaublich. Doch dann erinnerte sie sich vage an das, was Margie ihr einmal erzählt hatte. Danach waren Ron und Ryan zusammen in Tallahassee aufgewachsen. Margie hatte das einmal nebenbei erwähnt. Obwohl Stacey sich schon so viele Male im Haus der Finlaws aufgehalten hatte, war Ryan ihr dort nie über den Weg gelaufen. Irgendwann hatte Margie ihr auch etwas von einem Unglück erzählt, das sich in Ryans Familie zugetragen hatte, aber Stacey wusste nichts mehr darüber.

Margies Rolle als Gastgeberin verlangte es, dass sie jetzt zum Haus zurückging, um einige Vorbereitungen zu treffen. Stacey blickte ihr in Gedanken versunken nach, bis ihr plötzlich einfiel, dass sich der Kartoffelsalat, ihr Beitrag zum Fest, noch immer in der Kühlbox im Auto befand. Sie stand auf und lief die lange Auffahrt hinunter bis zum Kiesweg, wo sie ihren Wagen geparkt hatte.

Die große Glasschüssel mit dem Kartoffelsalat war herrlich kühl. Stacey presste das riesige Gefäß an sich und trug es zum Haus.

Im Esszimmer stellte sie den Salat auf den Tisch ab, um die Küchentür öffnen zu können. Zufällig hörte sie dabei aus dem Nebenraum eine lebhaft geführte Unterhaltung.

„Wer ist denn dieses nette, gut gebaute Mädchen aus Georgia mit diesem Miss-Amerika-Lächeln?“, hörte sie jemand sagen, dessen Stimme sie sofort an denjenigen erinnerte, der dunkles lockiges Haar besaß und barfuß lief. Wenn sie sich nicht täuschte, dann hatte tatsächlich Ryan Cunningham diese Frage gestellt. Wenige Sekunden später fand sie ihre Vermutung bestätigt.

Margie lachte. „Ryan, du hast das Talent, treffsicher beschreiben zu können. Du meinst sicher Stacey.“

„Nett, gut gebaut, so richtig zum Anbeißen.“

Stacey wollte gerade den Messinggriff hinunterdrücken und sprang wie von der Tarantel gestochen zurück.

„Komm nicht auf dumme Gedanken, Ryan Cunningham“, mahnte Margie ihn scherzhaft. „Stacey ist nichts für dich. Sie ist ernsthaft und natürlich, also überhaupt nicht dein Typ.“

„Und wie ist mein Typ?“

„Schön, kalt und egozentrisch.“

„Nun, schön ist Stacey, und was die ‚kalte Seite‘ betrifft ... das werde ich einmal näher untersuchen müssen.“ Was Margie provozieren sollte, schockierte Stacey. Einmal näher untersuchen! Wie sich das anhörte.

Aber irgendwie fand sie es dann doch nicht so abstoßend, wie es eigentlich klang.

„Sieh mal, Ryan, Mädchen wie Stacey sind so selten wie ein Schneesturm in Tallahassee. Sie gehört zu denen, die du erst deiner Mutter vorstellen musst, bevor du sie mit in dein Schlafzimmer nimmst. Habe ich mich klar genug ausgedrückt?“

Stacey hörte einen Stuhl quietschen, bevor Ryan weitersprach. „Warum bist du so um sie besorgt, Margie?“

„Sie ist meine Cousine.“

„Cousine Stacey. Jetzt erinnere ich mich. Du hast von ihr gesprochen. Es ist erstaunlich, dass ich sie noch nicht früher bei dir getroffen habe, wenn man bedenkt, wie gut du uns beide kennst!“

Stacey hielt es nicht länger auf ihrem Platz vor der Tür aus. Sie kannte Margie, das konnte kein Zufall sein. Sie und Margie gehörten einer Familie an, in der sich jeder sehr um die anderen kümmerte. Margie hatte es bewusst verhindert, dass sie, Stacey, diesen attraktiven Mann kennenlernte. Kein Wunder, da er bereits verheiratet und anscheinend trotzdem ständig auf der Jagd nach Frauen war.

Stacey fühlte sich durch das Gespräch gedemütigt, das sie gerade belauscht hatte. Es war beschämend zu hören, wie andere über einen sprachen. Und es erinnerte sie daran, was sie während der Miss-Wahl empfunden hatte: Es war nicht schön, auf der Bühne zu stehen und sich von einer Jury taxieren zu lassen. Doch obwohl sie sich gekränkt fühlte, gefiel ihr andererseits der Gedanke, dass Ryan sie schön fand.

„Du solltest mal einen Spaziergang machen", sagte sie sich selbst, schloss leise die Tür und lief die Verandatreppe hinunter.

Obwohl Stacey nur kurz im Haus gewesen war, hatte sich in der Zwischenzeit offenbar etwas Ungewöhnliches ereignet. Die Gäste standen aufgeregt in kleinen Grüppchen beisammen und diskutierten. Zwischen all den Erwachsenen entdeckte Stacey Ryans ältere Tochter. Sie hatte die Hände vor das Gesicht gelegt und weinte. Niemand schien in der Lage zu sein, sie zu trösten.

Stacey lief sofort zu ihr und nahm sie in den Arm. „Was ist passiert? Kann ich irgendwie helfen?"

„Such Christy!", schluchzte die Kleine.

Als Stacey sich umblickte, sah sie Ryan auf sie zukommen. Offensichtlich hatte ihm jemand von dem Vorfall berichtet. „Es ist gut, Caroline", sagte er kurz. „Erzähl mir, was passiert ist."

„Christy kam mit mir. Wir sind den Weg entlanggelaufen, und ich habe Heidi getroffen. Wir sprachen miteinander, und als ich nach Christy sehen wollte, war sie weg."

Obwohl Ryan als Vater auf Stacey bisher einen eher unbeholfenen Eindruck gemacht hatte, war er jetzt doch einfühlsam genug, nicht zu schimpfen. „Das kann jedem passieren, Caroline", meinte er gelassen. Stacey, die dicht neben ihm stand, bemerkte aber den sorgenvollen Ausdruck auf seinem Gesicht. „Wo hast du gestanden, als dir auffiel, dass Christy verschwunden ist?"

„Dort drüben." Caroline zeigte vage auf die baufällige Scheune und den Teich.

Ryan und alle, die dicht genug bei ihm gestanden hatten, um das gehört zu haben, machten sich blitzartig auf den Weg hinunter zum Wasser.

Nur Stacey blieb zurück, sie wollte sich um Caroline kümmern. „Komm, Caroline." Sie führte das kleine Mädchen zu den Terrassenstufen. „Setz dich, wir werden jetzt genau überlegen, was passiert sein kann."

Stacey hatte Glück, das Mädchen hörte auf zu weinen. „Wir liefen auf dem Weg, und ich blieb stehen …"

„Lass uns noch früher beginnen, Caroline. Was habt ihr getan, bevor ihr auf dem Weg wart?"

„Ich habe Christy mit zum See genommen, aber sie hatte Angst vor dem Wasser, da sind wir wieder zurückgegangen."

Stacey atmete erleichtert auf. „Und was habt ihr vorher gemacht?"

„Wir haben uns die kleinen Hunde angesehen."

Ron und Margie waren die stolzen Besitzer eines Schäferhundes. Matilda, so hieß er, hatte eine Woche zuvor ihren ersten Wurf gehabt. Klar, dass Heidi, Margies und Rons älteste Tochter, den anderen Kindern die Welpen voller Stolz gezeigt hatte.

Die Hündin war mit ihren Jungen in einem alten

Schuppen untergebracht, weit entfernt vom Haus, weil sie zurzeit Fremden gegenüber sehr bissig war.

„Haben Christy die Hündchen gefallen?“, forschte Stacey ängstlich.

„Und wie! Sie hat geweint, als wir gingen.“

Jeder weitere Kommentar war jetzt überflüssig. Caroline und Stacey blickten sich an und sprangen gleichzeitig auf, um zum Schuppen zu laufen.

## 2. KAPITEL

„Caroline!“, rief Stacey dem kleinen Mädchen zu, das sie schon weit hinter sich gelassen hatte. „Lauf zurück, und sage Margie, wo ich bin. Sie oder Ron soll zum Schuppen kommen, Matilda wird auf sie hören.“

Der Weg ist aber eigentlich zu weit für eine Zweijährige, sagte sich Stacey immer wieder. Christy kann sich daran nicht erinnert haben, sie wäre nicht in der Lage gewesen, allein dorthin zu gehen.

Aber andererseits hatte Stacey genug jüngere Geschwister, um zu wissen, wozu Zweijährige fähig sind. Es war durchaus möglich, dass sie zu den Welpen zurückgefunden hatte. Als sie den Schuppen erreichte und eintrat, bleib sie entsetzt stehen. Tatsächlich, ihre schlimmsten Befürchtungen fanden sich bestätigt.

Christy stand, vor Schreck gelähmt, mitten im Hundezwinger, die winzigen Welpen zu ihren Füßen, während die Hundemutter Drohgebärden machte. Es gefiel Matilda offensichtlich überhaupt nicht, dass jemand sich bei ihren Jungen aufhielt, ihr Knurren und das gesträubte Fell wirkten furchteinflößend.

Obwohl Stacey in der letzten Zeit nicht so oft bei den Finlaws gewesen war, hoffte sie, dass der Hund sie wiedererkannte und sich beruhigen ließ. „Matilda, es ist alles in Ordnung. Wir wollen deinen Kleinen nichts tun, Christy wollte sie sich nur ansehen, sie ist ein liebes Mädchen.“ Ganz langsam bewegte sich Stacey auf das offene Türchen zu und trat vorsichtig ein.

Die Hündin stand sprungbereit da und beobachtete die beiden Eindringlinge, griff aber nicht an.

„Sie ist ein nettes Mädchen." Stacey hatte Christy nun erreicht, die glücklicherweise noch immer wie angewurzelt dastand. „Siehst du? Ich werde Christy jetzt nehmen und hinausbringen."

Sie hob die Kleine langsam hoch, nahm sie auf den Arm und blieb still stehen, um ihre guten Absichten klarzustellen. „So ist es gut, Matilda, wir werden gleich draußen sein." Schritt für Schritt bewegte sich Stacey in aller Ruhe zum Ausgang, sorgsam darauf bedacht, die Welpen nicht zu treten.

Kurz bevor sie das Gatter erreichte, waren in der Nähe Schritte zu hören. Das brachte den Hund aus der Ruhe. Mit einem wilden Knurren stürzte er sich auf Stacey.

„Matilda, aus!" Auf Rons Kommando hin ließ die Hündin auf der Stelle von Staceys Kleid ab. Stacey drehte sich und verließ den Zwinger. Dabei lief sie direkt in Ryans Arme. Er hielt sie fest und sagte, um sie zu beruhigen: „Sie sind jetzt in Sicherheit, alle beide."

Langsam erholte sich Stacey von dem Schreck. Als sie begriff, dass Ryan sie und das Kind noch immer umfangen hielt, löste sie sich seufzend aus seiner Umarmung. „Ich glaube, ich kann wieder allein stehen. Vielen Dank für die Hilfe. Jetzt habe ich mich von dem Schock erholt."

„Die Freude war auf meiner Seite." Ryan strich

Christy über die Locken und blickte Stacey in die Augen. „Wir haben uns noch nicht miteinander bekannt gemacht. Ich bin Ryan Cunningham."

„Stacey MacDonald."

Es war eine überflüssige Formalität. Stacey wusste bereits alles Notwendige: Ryan war ein unglaublich attraktiver Mann, und er war ebenso unerreichbar.

„Christy, geh zu deinem Vater." Als Stacey Ryan die Kleine übergeben wollte, erwachte die plötzlich aus ihrer Bewegungslosigkeit. Sie schrie so laut auf, dass Stacey glaubte, ein anderes Kind vor sich zu haben.

„Nein, Mom, Mommy!", kreischte sie und umklammerte Staceys Hals. „Meine Mom!"

Stacey blickte Ryan verwirrt an, während Christy ängstlich den Kopf an ihrer Schulter barg. Ryan schien ihr seltsames Verhalten nicht zu beunruhigen.

„Es ist schon gut", besänftigte sie die Kleine, „es ist schon gut." Sie wiegte das Mädchen beruhigend in den Armen. „Ist Ihre Frau nicht hier?"

„Ich bin nicht verheiratet."

Stacey war im ersten Moment erleichtert, doch dann schämte sie sich sofort. Wie konnte sie nur froh darüber sein, dass dieser Mann offensichtlich geschieden oder Witwer war. „Oh, das tut mir sehr leid."

„Mir nicht." Ryan belächelte ihre Miene, die Verwunderung ausdrückte.

Caroline kam mit den anderen Kindern zur Scheune gelaufen, und Stacey konnte deshalb nichts auf seine

Bemerkung erwidern. Ryan versicherte seiner älteren Tochter, dass alles in Ordnung sei, und Stacey ließ die Komplimente von Ron und seinen Gästen über sich ergehen. Nach einer Weile gingen alle wieder, auch Caroline. So blieben Stacey und Ryan mit der Kleinen zurück.

Die lag indessen entspannt in Staceys Armen und war eingeschlafen. „Ich glaube, Christy ist sehr erschöpft. Wenn sie aufwacht, beginnt sie bestimmt gleich wieder zu weinen. Was meinen Sie, soll ich sie zur Veranda tragen und noch eine Weile in den Armen halten?"

„Natürlich nicht. Sie werden nach dem Schreck auch eine kleine Ruhepause gebrauchen. Übrigens, ich beneide Christy ziemlich."

Stacey blickte auf das Kind hinunter, das friedlich an ihre Brust gekuschelt schlief. Hatte er das nur zum Spaß gesagt? Bestimmt.

„Ich werde Sie zum Haus begleiten." Ryan legte den Arm um sie und führte sie den Weg zurück. Sie schwiegen dabei beide, Stacey war zu verwirrt, um sich mit Ryan zu unterhalten, und er schien die Situation zu genießen.

Stacey setzte sich mit Christy auf die Schaukel und bewegte sich leicht hin und her. Entspannt lehnte sie den Kopf gegen das Seil und schloss die Augen.

Ryan stützte sich am Baum ab und beobachtete die beiden. „Sie machen das sehr gut, haben Sie viel Übung darin?"

Stacey nickte leicht. „Sozusagen mein Leben lang.

Auf Kinder aufzupassen ist für mich so selbstverständlich wie das Atmen."

„Aber Sie sind doch zu jung, um eigene Kinder zu haben!"

Eigene Kinder, wie sie sich das wünschte! „Nein, ich habe kein einziges", sagte sie kurz und blickte zur Seite. „Haben Sie nur diese beiden Mädchen?"

„Nein, da sind noch die eineiigen Zwillinge David und Jonathan. Sie sind heute bei Freunden zu Besuch, sonst wären sie Ihnen sicher aufgefallen. Achtjährige Jungen machen sich gern bemerkbar."

„So eine kleine Familie ist doch etwas Schönes", neckte sie ihn.

„Diese Familie treibt mich zum Wahnsinn." Stacey blickte Ryan erstaunt an, doch sein entwaffnendes Lächeln nahm der Bemerkung die Schärfe.

Sie schwiegen wieder, und Stacey schloss die Augen. Die leichte Schaukelbewegung machte sie müde. Unklar bemerkte sie, wie Ryan sich ihr näherte, neben der Schaukel stehen blieb und sich schließlich zu ihr hinunterbeugte, um ihr einen zarten Kuss auf die Stirn zu geben. Sie roch den herbfrischen Duft eines Männerparfüms und spürte seinen warmen Atem. Wie gern hätte sie Ryan an sich gezogen, um den Kopf an seine Brust zu legen! Aber sie bewegte sich nicht. Ohne die Augen zu öffnen, wusste sie, dass er ging.

Kurze Zeit später erwachte Christy in Staceys Armen. „Hallo, Christy, wie geht's dir?"

Statt, wie erwartet, beim Anblick einer Fremden zu weinen, lächelte die Kleine Stacey an und streckte die Hand aus, um ihre Wange zu tätscheln. „Mom."

„Oh, Süße, ich bin nicht deine Mom, aber ich liebe dich auch." Stacey stellte fest, dass sie das Kind tatsächlich schon nach dieser kurzen Zeit sehr gern hatte, es war, als sei es ihr eigenes. Trotzdem war es wohl besser, ihre Gefühle nicht zu offen zu zeigen.

„Meine Mom", wiederholte Christy, vollkommen unbeeindruckt von Staceys Einwand.

„Es ist Zeit, Mr. Ryan Cunningham zu suchen", sagte sich Stacey streng und stand auf.

Sie lief mit der Kleinen zum Grill und hörte schon von Weitem fröhliches Gelächter. Sofort wurde ihr am Picknicktisch Platz eingeräumt, und sie und Christy wurden wie Königinnen bewirtet. Teller mit saftigem Fleisch und verschiedenen Salaten waren im Nu vor ihnen aufgestellt.

Christy wollte nicht von Staceys Schoß weichen. Gleich begann sie, eine gehörige Portion von einem der Pappteller vor sich aufzuessen.

Stacey aß langsam und blickte sich dabei suchend um. Ryan schien verschwunden zu sein.

„Ich habe bereits vernommen, du warst eine richtige Heldin." Margie setzte sich auf den Platz neben Stacey und küsste Christy geräuschvoll auf die Wange. „Könnte es sein, dass du zurzeit jemanden suchst?"

„Fragt Ryan sich nicht, wo Christy bleibt?"

„Ryan musste gehen, es gab Ärger mit den Zwillingen. Ich habe ihm angeboten, dass wir auf Christy aufpassen, bis er zurückkommt, um sie zu holen. Caroline hat er mitgenommen."

„Nun, ihr scheint es nicht viel auszumachen." Stacey sah auf die Kleine hinunter, die indessen dabei war, auch Staceys Teller zu leeren.

„Ich würde sagen, sie mag dich", stellte Margie trocken fest.

„Das beruht ganz auf Gegenseitigkeit." Stacey wischte dem Mädchen die fettigen Finger ab, als es das letzte Stück Fleisch aufgegessen hatte.

„Es ist meine heilige Pflicht, dich vor zu viel Engagement zu warnen, Stacey. Aber ich befürchte, dass ich damit schon zu spät komme."

„Ich wüsste gern, wovon du sprichst."

Margie deutete auf Christy. „Ich werde dir später alles erklären."

Aber dazu kam es nicht mehr. Christy schmiegte sich weiterhin an Stacey, die nichts dagegen hatte. Nach und nach verabschiedeten sich die Gäste, und die heiße Sonne Floridas versank langsam am Horizont.

Stacey stand neben Margie und winkte den letzten Freunden, die aufgebrochen waren, zu. „Ich wollte gehen, aber ich möchte Christy nicht verlassen, bevor Ryan sie abholen kommt."

„Wenn man den Teufel nennt."

Ein glänzendes neues Wohnwagen kam die Auffahrt heraufgefahren und hielt vor dem Haus. Bevor das Fahrzeug richtig zum Stehen kam, sprangen die Kinder schon heraus. Hinter Caroline kamen zwei dunkelhaarige kleine Jungen herbeigerannt, die entfernte Ähnlichkeit mit Ryan hatten. Die beiden glichen sich wie ein Ei dem anderen. Stacey beobachtete aufgeregt, wie Ryan vom Fahrersitz sprang. Er hatte sich umgezogen und trug nun eine Khaki-Jeans und einen braunen Pullover, der den gleichen Farbton hatte wie seine Locken. Er war noch immer barfuß. Ryan Cunningham ist ein Bild von einem Mann – gleich, welche Kleidung er trägt –, das stellte Stacey wieder einmal fest.

„Die schlafende Schönheit ist endlich erwacht." Ryan lief auf sie zu und streckte die Arme nach Christy aus. Seine Bewegungen waren geschmeidig und kraftvoll. Stacey schluckte unwillkürlich, als er so dicht vor ihr stand. „Es tut mir leid, wenn sie Ihnen Ärger gemacht hat."

„Nein, das hat sie überhaupt nicht." Für Stacey begannen die Probleme erst dann, wenn sie sie wieder hergeben und sie und den Vater vergessen musste.

Christy schien eben noch glücklich gewesen zu sein, nun begann sie laut zu schreien, als er sie von Stacey fortzog. „Nein, nein! Mommy."

„Pst, Süße, du musst jetzt gehen." Stacey strich ihr über das Haar. „Sei jetzt ganz ruhig."

„Ich glaube, es ist besser, wir beeilen uns", wandte sich Ryan an Margie, dann drehte er sich wieder um. „Stacey, ich danke Ihnen für alles." Er beugte sich zu ihr hinüber und gab ihr einen Kuss auf die Wange, bevor er das protestierende Kind zum Wagen trug. Es war ein einfacher Kuss, er sollte seine Dankbarkeit ausdrücken, aber bei Stacey bewirkte er mehr.

Durch Pfiffe und Rufen wurden die anderen Kinder zurückgeholt und auf die Sitze verfrachtet. Der Motor heulte laut auf, und schon fuhren sie zurück auf den Highway.

„Willst du die Erklärung jetzt?“, fragte Margie, als alles vorüber war.

„Lieber ein andermal“, flüsterte Stacey. „Ich glaube, ich gehe nun. Sag allen auf Wiedersehen von mir.“

Margie nickte ihr verständnisvoll zu und umarmte sie. „Und merk dir eins, Stacey. Wenn du dich mit Ryan einlässt, glaube mir, dann lässt du dich sozusagen mit einem Tornado ein. Und wie auch immer es ausgehen mag: Er wird dich völlig umkrempeln.“

Früh am nächsten Morgen klopfte jemand laut an Staceys Tür. Obgleich das dumpfe Surren der Klimaanlage vieles übertönte, konnte Stacey diesen Lärm nicht ignorieren. Sie befürchtete im Halbschlaf sogar, ihr Ein-Zimmer-Apartment könnte einstürzen. „Moment, ich komme gleich!“

Sie schwang die Beine aus dem Bett, fuhr sich durch die wirren schulterlangen Locken und warf sich einen weißen Baumwollmorgenmantel über. Barfuß lief sie zur Tür und öffnete gähnend.

„Guten Morgen.“ Ryan stand lächelnd vor ihr. Er sah etwas müde, aber deshalb nur noch attraktiver aus. Sie überlegte flüchtig, wie sie selbst wohl auf ihn wirkte: müde und abgespannt und ungeschminkt, wie sie war.

„Nun, hallo“, brachte sie hervor.

„Ich habe Sie geweckt.“

„Genauso ist es.“

„Sie sehen wie ein sehr junges Mädchen aus, so weich und zart mit den leicht geröteten Wangen.“ Er streckte die Hand aus, um ihr eine Locke aus dem Gesicht zu streichen. „Das zerzauste Haar steht Ihnen auch sehr gut.“

„Und das alles vor acht Uhr morgens.“ Stacey wich verwirrt zurück. „Möchten Sie einen Kaffee?“

„Nein, aber Sie können mit zu mir nach Hause kommen.“

Das war zu viel. Stacey ließ sich auf die erstbeste Sitzgelegenheit fallen. „Was haben Sie vor, Ryan?“

Alle Müdigkeit wich aus seinem Gesicht, und er begann schallend zu lachen. Er sah einfach großartig aus, ob abgespannt oder nicht. Er war ... Stacey fielen einfach keine Worte ein, die ihn angemessen hätten beschreiben können.

„Wenn Sie nicht wissen, was ein Mann mit Ihnen vorhaben könnte, dann sind Sie so unschuldig, wie Sie aussehen, Liebes. Aber keine Angst, ich möchte nur, dass Sie mit mir kommen, um Christy zu trösten. Sie schreit, seit ich sie letzte Nacht mitgenommen habe. Ich fürchte, sie wird krank.“

„Das tut mir leid, Ryan. Natürlich werde ich mitkommen. Warten Sie nur einen Augenblick, bis ich mich angezogen habe.“

„Wenn es sein muss“, scherzte er.

Stacey ignorierte seine Bemerkung. Sie suchte sich Shorts und ein passendes Oberteil heraus und verschwand ins Bad.

Aus dem Spiegel blickte ihr ein völlig übermüdetes Wesen entgegen. Sie kümmerte sich aber nicht weiter darum, sondern putzte sich schnell die Zähne, zog sich an und fuhr sich mit der Bürste durch das Haar. Schon war sie fertig. „Gehen wir.“

„Stacey, Sie sind sehr erfrischend! Alle anderen Frauen, die ich kenne, hätten eine Stunde oder länger gebraucht.“

„Dann kennen Sie vielleicht die falschen Frauen.“

Ryan hatte den Wohnwagen auf der zweiten Spur geparkt, und Stacey musste sich dafür bei einem gereizten Nachbarn entschuldigen, der mit seinem Auto nicht an ihnen vorbeikam. Gleich darauf fuhren sie im Eiltempo durch menschenleere Straßen.

Schließlich drehte sich Stacey zur Seite und beobachtete Ryan beim Lenken des Wohnwagens. Sie saßen in breiten dunkelblauen Velourssesseln, die Wände des Wagens waren dunkel vertäfelt.

„Ryan, wenn ich schon mitarbeiten soll, dann müssen Sie mir wenigstens erzählen, worum es überhaupt geht.“

Ryan sah sie überrascht an. „Verzeihung, was wissen Sie denn nicht?“

„Sie sind Ryan Cunningham, ein Architekt. So viel

steht fest. Sie haben vier reizende Kinder, aber keine Frau. Das ist ungewöhnlich, scheint Sie jedoch nicht im Mindesten zu stören. Finden Sie das nicht selbst ein wenig merkwürdig? Oder bin ich altmodisch, wenn mir das seltsam vorkommt?“

Ryan lachte. „Entschuldigung. Ich dachte, Sie würden die Geschichte von Margie kennen. Natürlich ist das verwirrend für Sie. Es ist aber ganz einfach: Die Kinder sind nicht von mir.“

„Und das ist einfach?“

„Nun, jetzt gehören sie schon zu mir.“ Er schwieg einen Moment, und Stacey wartete geduldig, bis er weitersprach.

„Die Kinder sind meine Neffen und Nichten. Ihre Eltern sind vor sechs Monaten bei einem Flugzeugunglück ums Leben gekommen.“

„Oh, Ryan!“ Stacey tat es leid, dass sie eben noch ungeduldig gewesen war. „Wie schrecklich für Sie alle.“

„Ich hatte die Kinder zu mir genommen, damit meine Schwester Janelle und ihr Ehemann Tom allein eine Reise machen konnten. Ich wollte die Kinder einerseits mal besser kennenlernen, andererseits wusste ich, dass Janelle und Tom etwas Zeit für sich allein brauchten. Sie verunglückten leider zusammen mit dem Piloten auf dem Rückflug. Es geschah mit meinem Flugzeug. Ich hatte es ihnen geliehen.“

„Wie verantwortlich müssen Sie sich gefühlt haben.“

Ryan drehte sich zur Seite und sah Stacey ernst an. „Niemand hat das bisher verstanden.“

„Manchmal ahnen die Menschen nicht, wie leicht man Schuldgefühle bekommen kann, wenn man trauert. Und die Kinder bleiben bei Ihnen?“

„Mir wurde vorerst die Vormundschaft erteilt. Ich hoffe, die Kinder dürfen auf Dauer bleiben.“

„Das war sicher nicht leicht für alle. Deshalb ist Christy also so verstört.“

„Es war für alle Kinder furchtbar. Die Zwillinge streiten sich ständig, Caroline versucht alle zu bemuttern, und Christy weint häufig. Sie hat es am härtesten getroffen, sie hat sich vollkommen verändert. Vorher war sie ein fröhliches kleines Mädchen, jetzt isst sie kaum noch und spricht nur noch selten mit jemandem.“

„Gestern auf der Party hat sie aber so viel gegessen, dass es für eine Woche reicht“, tröstete Stacey ihn.

Ryan lächelte. „Das war Ihr Werk, Christy hat etwas für Sie übrig.“

„Habe ich denn etwa Ähnlichkeit mit ihrer Mutter, Ryan?“

„Im Aussehen? Überhaupt nicht. Janelle war zwar auch klein, aber viel schmaler als Sie. Und sie hatte dunkles lockiges Haar wie ich und viele Sommersprossen. Nein, Sie sehen nicht wie Janelle aus, aber Sie sind genauso liebevoll und einfühlsam. Ich bin sicher, dass Christy das spürt, sie braucht dringend eine Mutter.“

„Das ist problematisch. Ich würde sehr gern helfen, aber sie wird es jedes Mal als Zurückweisung empfinden, wenn ich gerade mal nicht Zeit für sie habe. Sie braucht eine richtige Mutter, die immer für sie da ist, nicht nur manchmal."

„Warten wir ab", meinte Ryan geheimnisvoll.

Ryan parkte das Wohnwagen vor einem modernen Haus mit Eigentumswohnungen. Es war aus grauem Beton und lag inmitten von exotischen Pflanzen und Buschwerk. Hinter einem überdachten Fußweg konnte Stacey einen riesigen Swimmingpool erkennen. Am Rand saßen gebräunte Männer und Frauen in der Morgensonne. Es gab keinen Spielplatz in der Nähe, und es waren nirgends Kinder zu sehen.

Stacey musterte alles missbilligend, und als Ryan neben sie trat, um mit ihr zum Eingang zu gehen, verbarg sie ihre Gefühle nicht.

„Ich weiß, Stacey, das hier ist absolut nichts für Kinder."

Das stimmte. Drinnen war es sogar noch schlimmer. Die Wände in der Diele des kleinen Apartments waren mit feinem weißen Reispapier beklebt, das nun Fingerabdrücke von Kindern zierten. Den zarten silbrigblauen Teppich hätte man besser nur barfuß oder mit Hausschuhen betreten. Er war von den schmutzigen Schuhen tobender Kinder schon stark mitgenommen.

Die beiden wurden von einer älteren Frau begrüßt, die am Ende ihrer Kraft zu sein schien. Sie hielt die weinende Christy an der Hand. „Mr. Cunningham, ich weiß nicht, was ich mit diesem Kind machen soll."

„Komm her, Kleine, komm, Christy." Stacey nahm

das schluchzende Mädchen, das sich sofort an sie klammerte.

„Mom!"

Stacey wäre es lieblos erschienen, das Mädchen zu korrigieren so schwieg sie zu dieser Titulierung. „Ich bin hier, Süße. Versuch jetzt, nicht mehr zu weinen." Sie drückte Christy an sich und folgte Ryan ins Wohnzimmer.

Der Raum war klein und modern und elegant möbliert. Alles sah kühl und nicht sehr robust aus: Es gab Tische mit Glasplatten, Holzstühle, die nur aus dünnen gedrechselten Stäben zu bestehen schienen, und schimmernde Metalllampen mit ungeschützten Glühbirnen und zerbrechlichen Schirmen.

„Puh, meine jüngeren Brüder könnten die ganze Pracht innerhalb von fünf Minuten zerstören, und das ganz ohne Absicht."

Wie auf ein Stichwort betraten zwei dunkelgelockte Jungen den Raum. „Das ist mein MP3-Player, nicht deiner, gib ihn zurück, bevor ich dir eine runterhaue!"

Ryan sprang auf und nahm mit einer eleganten Bewegung, die an Karate erinnerte, beide an die Hand. „Worum geht es?"

„Er hat mein ..."

„Nein, er hat!"

Ryan klärte die Situation mit einer Entschiedenheit, die jeden erfahrenen Vater in den Schatten gestellt hätte, und machte Stacey mit den Jungen bekannt. „Begrüßt Stacey, eine Freundin von mir."

„Noch eine? Du hast aber eine Menge“, ereiferte sich der als David vorgestellte.

„Ja, das stimmt“, bestätigte Jonathan herausfordernd.

Stacey ließ sich nicht beeindrucken, sondern lächelte über die kindliche Provokation. „Hallo, Jonathan und David, ich freue mich, euch beide zu treffen.“

Caroline kam herein, gefolgt von Mrs. Watson, das war Ryans langjährige Haushälterin. Der kleine Raum war jetzt voll.

„Setz dich, Stacey, Mrs. Watson macht uns Frühstück.“

„Ein Ei oder zwei, Miss?“ Mrs. Watson schenkte Stacey ein so freundliches Lächeln, dass diese nicht anders konnte, als es zu erwidern.

„Oh, zwei, vielen Dank.“

Ryan betrachtete Staceys wohlgerundete Figur voller Bewunderung. „Ich mag Frauen, die gern essen.“

Beim Frühstück geschah wieder das Gleiche wie auf der Party am Vortag: Christy setzte sich auf Staceys Schoß und aß alles, was sie greifen konnte. Offensichtlich förderte die unruhige Nacht ihren Appetit. Stacey gewann die Herzen der beiden Jungen, indem sie sie in ein Gespräch über verschiedene Weltraumfilme verwickelte. Am Ende hatte sie die Anerkennung der beiden gewonnen. Caroline war sichtlich erleichtert, dass diese Mahlzeit einmal ohne die üblichen Streitereien der Zwillinge und Christys Weinen verlief.

Stacey empfand Mitleid mit dem Mädchen. Es war

offensichtlich, dass es sich für das Wohl der Familie verantwortlich fühlte. Dabei war es doch erst zehn Jahre alt! Stacey nahm sich vor, Ryan ein paar Ratschläge für die Kinder zu geben. Als sie zu ihm hinübersah, erschrak sie. Er beobachtete sie mit dem entwaffnenden Lächeln, das sie schon am Tag zuvor beunruhigt hatte. Sieh dich vor, Stacey, sagte sie sich. Dieser Mann ist entschieden zu gefährlich für dich.

„Zieht eure Badeanzüge an, Kinder. Mrs. Watson geht mit euch eine Weile zum Schwimmen“, kündigte Ryan nach dem Frühstück an.

Voller Freude gingen Caroline und die Zwillinge ins Nebenzimmer, um sich dort umzuziehen.

„Müssen Kinder immer so laut sein?“, fragte Ryan Stacey, als sie mit Christy allein waren.

„Immer.“ Stacey lächelte. „Sie machen das aber gut, Ryan. David und Jonathan behandeln Sie wie ein erfahrener Vater, und dass Christy eine Mutter braucht, dafür können Sie schließlich nichts.“

„Ich tue, was ich kann. Aber es ist nicht genug.“ Ryan griff nach ihrer Hand und lächelte. „Doch genau dafür sind Sie ab jetzt da.“

„Wofür?“

„Margie hat mir erzählt, dass Sie für den Sommer einen Job suchen.“

„Wann haben Sie mit ihr gesprochen?“

„Heute Morgen, ich wollte sie nach Ihrer Adresse fragen.“

„Ich bin überrascht, dass sie sie Ihnen gegeben hat.“

„Ich musste schwören, dass ich Sie mit dem gebührenden Respekt behandle, und ich hörte eine Lektion über angemessenes Verhalten, bevor sie sie mir gab."

Stacey lachte. „Da sind Sie leicht davongekommen. Sie hat offensichtlich Vertrauen zu Ihnen."

„Wenn sie das hat, ist sie verrückt." Ryan betrachtete sie voller Bewunderung. „Sie sagte mir, dass Sie für den Sommer noch keine Pläne haben."

„Und?"

„Und ich möchte Ihnen einen Vorschlag machen."

„Nur heraus damit", ermunterte Stacey ihn.

„Ich möchte, dass Sie zu mir ziehen, gleich heute."

Stacey beugte sich vor, um Christy den Mund abzuwischen. „Nun, das ist wirklich ein Vorschlag."

Ryan amüsierte sich über Staceys Verwirrung. „Interessiert es Sie, alles zu hören?"

„Ich kann es kaum erwarten."

Er stand auf und half ihr aus dem Sessel. Sie folgte ihm ins Wohnzimmer, und dort streckte sie sich mit Christy auf dem Arm auf dem Sofa aus.

Ryan setzte sich dicht neben Stacey und Christy. „Ich möchte mit den Kindern ins westliche North Carolina in die Berge zum Campen fahren", erzählte er. „Das Apartment ist ungeeignet für sie, abgesehen davon, ist es eigentlich verboten, hier mit Kindern zu wohnen. Die Besitzer der Eigentumswohnungen haben zwar Verständnis für mich, aber sie werden es nicht über einen längeren Zeitraum dulden."

„Und was wollen Sie unternehmen, wenn die Ferien vorbei sind?“

„Ich habe in der Nachbarschaft von Ron und Margie ein Haus erworben. Das Gebäude ist sehr alt und muss renoviert werden, bevor wir es bewohnen können. Meine Leute arbeiten bereits auf Hochtouren. Aber sie werden erst in ungefähr sechs Wochen damit fertig sein.“

„Das klingt ja ideal“, sinnierte Stacey.

„Das wird es auch sein. Aber bis dahin muss ich mir etwas einfallen lassen. Ich möchte sie beschäftigen. Campingferien erscheinen mir als eine perfekte Lösung. Wenn wir zurückkommen, wird das Haus bald beziehbar sein.“

„Und wofür brauchen Sie mich?“

Ryan lächelte charmant. „Sie kommen mit zum Campen. Ich glaube nämlich nicht, dass ich es einen Monat allein mit der ganzen Bande in der Wildnis aushalte. Ich brauche Hilfe.“

Stacey dachte über seinen Vorschlag nach. Sie konnte sich Ryan an einem abgelegenen, exotischen Strand vorstellen oder mit einer schönen Frau in einer Skihütte vor dem Kaminfeuer. Aber mit vier Waisen beim Camping in den Bergen? Und welche Rolle spielte sie dabei? Und überhaupt: Wo sollte sie schlafen?

„Ryan, das ist schon ein wenig außergewöhnlich. Ich meine, es wirft, nun … ein schlechtes Licht auf mich, wenn ich einen Monat lang mit Ihnen verreise und vorher auch noch hier wohne.“

„Ein schlechtes Licht?“ Ryan lachte herzhaft. „Haben Sie etwa Angst um Ihren guten Ruf?“

„Vielleicht ist das für Sie nicht wichtig, für mich schon.“

„Haben Sie nie Romane aus dem neunzehnten Jahrhundert gelesen? Sagen Sie Ihren Freunden doch einfach, dass Sie als Gouvernante mitkommen.“

„Ein Kindermädchen im Zelt?“

„Stacey, selbst wenn ich bestimmte Absichten hätte: Was könnte ich anstellen, wenn uns vier Kinder beobachten? Sie werden sicher sein, glauben Sie mir. Außerdem werden Sie mit den Mädchen ein eigenes Zelt haben. Sie sehen, Ihnen passiert nichts.“

Ryan hatte recht, aber Stacey ertappte sich dabei, dass sie ein wenig enttäuscht war. Sie seufzte. „Sicher gibt es jemanden, den Sie näher kennen und den Sie einladen könnten.“

„Alle meine Bekannten sind dafür ungeeignet. Stacey, Sie sind die einzige Frau, die dafür infrage kommt. Sie können Ihren Preis bestimmen.“

Wenige Minuten später legte Stacey die schlafende Christy in ihr Bettchen. Was gab es da zu überlegen? Das kleine Mädchen brauchte sie, und das gab den Ausschlag. Deshalb stimmte sie zu. Sie würde den Sommer mit Ryan verbringen. Was auch immer dabei herauskam.

## 3. KAPITEL

Die grün-weiße Zeltplane fiel in sich zusammen, ein Wirrwarr aus Stoff, Moskitonetz und Stangen lag vor dem Apartmenthaus, in dem Ryan wohnte. Stacey ermunterte die Kinder: „Lasst es uns noch einmal versuchen, nur noch ein einziges Mal."

Ryan gesellte sich zu ihnen und betrachtete amüsiert das Durcheinander. „Habt ihr schon mal daran gedacht, die Gebrauchsanweisung zu lesen?"

„Mehrmals, Mr. Cunningham." Stacey drehte sich herum. „Wenn du meinst, dass du es besser kannst, dann zeige es doch mal."

„Janelle und ich sind als Kinder oft campen gefahren. Seht nun dem Meister zu und staunt." Ryan rollte sich die Hemdsärmel hoch und lockerte den Schlips. Er verteilte an jedes Kind eine Aufgabe, selbst Christy wurde eingespannt, sie sollte Pflöcke mit einem Holzhammer in den Boden schlagen – es jedenfalls versuchen.

Wie durch ein Wunder stand das Zelt bald.

„Ist es auch sicher, wenn ich reingehe?", fragte David zweifelnd. „Vorhin habe ich es versucht, und da ist mir alles auf den Kopf gefallen."

Stacey lachte. „Geh nur, Kleiner. Ich habe Vertrauen."

„Gut gemacht, nicht? Was meinst du dazu, Stacey?" Ryan schob die Ärmel wieder hinunter und sah sie schelmisch an.

„Mir wurde beigebracht, immer die Wahrheit zu sagen, auch wenn es manchmal schmerzt. Okay, du bist der Meister. Zufrieden?"

Ryan legte ihr den Arm um die Schultern und betrachtete ihre bloßen Füße, die abgeschnittene Jeans, das gelbe T-Shirt und die Rattenschwänze, die sie sich gebunden hatte. „Stacey, du musst dich auf dieser Fahrt nicht um deinen guten Ruf sorgen, weil jeder denken wird, du wärst eines meiner Kinder."

„Solange du dich entsprechend verhältst, werden wir gut miteinander auskommen."

Ryan lachte und zog sie fester an sich. „Stacey McDonald, deine Tugend ist bei mir in sicheren Händen."

Stacey entwand sich seiner Umarmung und stemmte die Hände auf die Hüften. „Hast du schon ein Zelt für dich und die Jungen gekauft?"

„Das ist nicht nötig. Meine Eltern haben mir das alte geschickt, das ich als Kind benutzt habe. Es ist gerade angekommen."

Das war etwas, was sie bei Ryan immer noch erstaunte: Dieser lässige Mann baute so fortschrittlich und war im Grunde doch ein sehr traditionsbewusster Mensch. Typisch für ihn, dass er in dem Zelt schlafen wollte, das er als kleiner Junge geliebt hatte! Es berührte Stacey. Sie verstand nun auch, weshalb er lieber ein altes Farmhaus renovierte, statt etwas Neues nach seinem eigenen Entwurf herzurichten.

„Bist du sicher, dass das Zelt nach all den Jahren noch in einem brauchbaren Zustand ist?"

„Die alten Sachen sind von anderer Qualität als die heutigen. Mein Zelt wird ein Jahrhundert halten." Ryan griff nach einem ihrer Rattenschwänze. „Und werde nicht zu frech! Vergiss nicht, dass du mir ab morgen für einen ganzen Monat ausgeliefert bist."

Seit Stacey zwei Wochen zuvor eingewilligt hatte, den Sommer mit Ryan und den Kindern zu verbringen, waren die Tage mit emsiger Geschäftigkeit gefüllt gewesen. Vieles musste vorbereitet werden. Eines hatte Stacey jedoch nicht akzeptiert: Sie lehnte es ab, mit Ryan und den Kindern in seinem Apartment zu wohnen. Stattdessen nahm sie Caroline und Christy über Nacht mit zu sich in ihre Wohnung. Dadurch war schnell ein Vertrauensverhältnis zwischen ihr und Caroline entstanden, und es kam Christys Bedürfnis nach einer weiblichen Bezugsperson entgegen. Stacey hatte alle Hände voll zu tun gehabt, um die Campingausrüstung und entsprechende Kleidung für alle einzukaufen.

Stacey und Ryan passten auf, dass die Kinder das Zelt richtig zusammenlegten.

„Hoffentlich sind wir genügend vorbereitet, ich habe versucht, an alles zu denken."

Ryan bückte sich, um einen Pflock aufzuheben, der vergessen worden war. „Das erinnert mich an etwas, Stacey. Ich habe mir den Ofen noch einmal angesehen, den du zu kaufen vorgeschlagen hast. Ich habe beschlossen, dass wir ihn nicht nehmen. Ich möchte, dass es für die Kinder ein richtiges Natur-Erlebnis wird, deshalb wollen wir über einem offenen Feuer kochen."

Sentimentalität war eine feine Sache – bis zu einem bestimmten Punkt. „Ich hoffe, dass du dann kochst, Ryan."

„Nur wenn du die Zelte aufbaust und das Holz hackst und die Gräben ziehst und …"

Am nächsten Morgen erwachte Stacey vor den beiden Mädchen. Sie streckte sich vorsichtig, um ihre kleinen Gäste nicht zu wecken, stützte den Kopf auf die Hände und blickte aus dem Fenster. Es würde wieder ein heißer Julitag werden. In weniger als einer Stunde wollte Ryan kommen, um beim Packen zu helfen und dann mit ihr und den Kindern die Reise anzutreten.

Die Aussicht auf einen solchen Abenteuerurlaub war für sie fremd und aufregend. Einen ganzen Monat mit Ryan zu verbringen, das war erst recht faszinierend!

Ryan Cunningham. Schon allein sein Name ließ ihr Herz höher schlagen, und dann erst der Anblick seiner lebhaften, dunklen Augen! In seiner Gegenwart wurde sie jedes Mal nervös, und von Tag zu Tag fand sie ihn anziehender.

Warum gerade er?, fragte sie sich, während sie die schlafenden Mädchen beobachtete. Und welche Rolle spielte dabei ihre Liebe zu den Kindern?

Doch sosehr sie ihre Gefühle zu versachlichen versuchte, sie musste einsehen, dass die Zuneigung zu den Kindern nichts mit Ryan zu tun hatte. Wenn sie an ihn dachte, dann sah sie ihn ohne seine vier Schützlinge vor sich, dann dachte sie an seinen Blick, der sie liebkoste, an seine Hände, die sie streichelten.

In den letzten beiden Wochen hatte er strikt Abstand gehalten. Wenn er sie auch manchmal mit einem Blick ansah, der ihr durch und durch ging, so gab es keine sicheren Anzeichen dafür, dass er sich eine intime Beziehung zu ihr wünschte. Im Gegenteil, Stacey wusste, dass Ryan seine Zeit mit einer anderen Frau verbrachte. Er hängte es nicht an die große Glocke, aber er verheimlichte es auch nicht. Die Vaterrolle füllte ihn nicht ganz aus. Margie, die sich so um Staceys Jugend sorgte, wäre erfreut gewesen. Stacey enttäuschte es.

„Ist es Zeit aufzustehen?“ Caroline setzte sich im Bett auf und rieb sich verschlafen die Augen. In wenigen Minuten waren die drei aufgestanden, gewaschen und angezogen, und nun warteten sie ungeduldig auf Ryan.

Die Aufregung war groß, als der blaue Wohnwagen endlich in die Auffahrt eingebogen kam. Mit wenig Aufwand war das Gepäck verstaut, und jeder nahm den Platz ein, den Stacey vorher sorgfältig ausgewählt hatte. „Jonathan, du bekommst für die erste Stunde den Kapitänssitz hinter Onkel Ryan. David, du sitzt auf dem Sofa neben Christy.“

Ryan pfiff laut durch die Zähne. „Du könntest auf dem Kasernenhof Karriere machen.“

Stacey saß vorne auf dem Beifahrersitz und musterte Ryan von der Seite, als sie auf den Highway hinausfuhren. Er war wie gewöhnlich barfuß und trug Shorts und ein Hawaiihemd. Sie hatte schnell herausgefunden, dass er Schuhe nur trug, wenn es unbedingt notwendig war. Sein gemustertes Hemd war halb aufgeknöpft und enthüllte aufregend viel von seiner gebräunten und behaarten Brust. Als Ryan ihren Blick bemerkte, lächelte er. „Du siehst selbst auch recht gut aus."

Stacey freute sich, dass ihm ihre Aufmachung für diesen besonderen Anlass nicht entgangen war. Das türkis- und beigefarbene Minikleid war eines ihrer Lieblingsstücke. Zusammen mit dem locker aufgesteckten Haar ergab es das gewünschte Bild: lässig, sommerlich und aufregend genug, Ryan ein zweites Mal hinsehen zu lassen. Der weiche Baumwollstoff saß genau an den richtigen Stellen knapp. Jedem Betrachter musste es sofort klar werden, dass sie nicht eines von Ryans Kindern war!

Ryan und Stacey fuhren in nördlicher Richtung nach Georgia. Hier und da standen mitten in der Landschaft einfache Holzhäuser mit rostigen Zinndächern und baufälligen Veranden herum. Unter einer Überdachung neben der Straße schlief ein Mann, neben sich ein Dutzend riesiger Wassermelonen und ein Schild mit der Aufschrift: „Zu verkaufen". Die Kinder verlangten lautstark anzuhalten, doch Ryan fand, dass es für eine Pause zu früh war, und sie setzten die Fahrt unter Protest fort.

Winzige Städtchen zogen an ihnen vorbei. Roter Lehmboden, Kiefernwäldchen und Walnussbäume überall zeigten, dass sie sich tatsächlich in Georgia befanden. Als es Zeit zum Mittagessen war, hatten sie gerade Cordele erreicht, die Stadt der Wassermelonen.

Ryan wurde überredet, auf den riesigen Markt mitzugehen, um eine saftige, reife Melone auszusuchen. Der Farmer, der sie verkaufte, gab den Kindern Kostproben und freute sich über deren Begeisterung. Die ausgesuchte Melone sollte nur einen Dollar kosten, das war fast geschenkt.

Gesättigt vom Mittagessen und müde von der Reise, kuschelten sich die vier Geschwister zusammen und schliefen bei der nächsten Reiseetappe.

Stacey war von den großblättrigen Rankgewächsen fasziniert, die einige Bäume und Büsche fast ganz bedeckten. „Das ist ein unheimlicher Anblick, nicht? Die Ranken decken alles zu und lassen fast vergessen, dass ein ganzer Wald unter ihnen stirbt. Sie wachsen und wachsen und verzehren alles in ihrem Umfeld“, sinnierte sie.

„So ähnlich sind einige Frauen, die ich kennengelernt habe.“

„Warum triffst du immer wieder solche, Ryan?“

„Sicher, um mich nicht festlegen zu müssen. Wenn ich nicht die richtige Frau finde, bleibe ich ja so frei wie der Falke dort oben in der Luft.“

Stacey blickte ihn von der Seite an. „Und Freiheit ist so wichtig?“

„Es schien mir bisher so zu sein. Inzwischen bin ich aber nicht mehr so sicher. Jetzt bin ich so fest gebunden, wie es ein Mann nur sein kann, und ich möchte trotzdem mit niemandem tauschen.“

„Ich habe einmal bei einer Talentshow ein Lied von

Janice Joplin vorgetragen. Darin heißt es: ‚Freiheit ist nur ein anderes Wort dafür, dass du nichts zu verlieren hast'."

„Vielleicht hatte sie recht. Erzähl mir etwas über diese Talentshow. Wie war das eigentlich, Anwärterin für den Miss-Georgia-Titel zu sein?"

Margie! Warum hatte sie Ryan das nur erzählt! Es war schrecklich und aufregend und peinlich gewesen, genau in dieser Reihenfolge. „Ich war erst neunzehn, als ich mich an diesem Spiel beteiligte", berichtete sie voller Scham. „Den ersten drei Teilnehmerinnen in der Endrunde wurde ein kleines Stipendium angeboten, und ich benötigte das Geld dringend. Ich war selbst am meisten über meine Wahl überrascht, und dann entwickelte sich die ganze Sache auf unerfreuliche Weise."

„Wieso das?"

Stacey war froh, dass Ryan sich nicht über sie lustig machte. „Als Nächstes erfuhr ich, dass ich nun eine Berühmtheit war. Ich wurde häufig fotografiert, man brachte mir bei, wie ich zu laufen, mich zu kleiden, zu frisieren und zu schminken hatte. Dann musste ich Gesangstunden und Sprechunterricht nehmen. Erst war ich nur ein einfaches Mädchen von einer Farm in Georgia, und plötzlich setzte die ganze Stadt Gainesville ihre Hoffnungen auf mich."

„Und was hast du da getan?"

„Es war nicht mehr möglich, noch etwas zu ändern. Der Zug war bereits in voller Fahrt, und ich konnte nicht mehr abspringen." Stacey machte eine Pause. Dann fuhr sie fort: „Als der große Wettbewerb begann, fühlte ich mich wie ausgehöhlt. War das wirklich ich? Die richtige Stacey MacDonald hätte sich doch niemals auf eine Bühne gestellt, um dort in einem Badeanzug und einem Abendkleid herumzutänzeln. Die richtige Stacey hätte nie vor all den Gästen ein Potpourri aus Broadwayliedern gesungen, die sie zuvor so gut wie nie gehört hatte. Als sie ansagten, dass ich als Erste ausschied, weinte ich vor Freude."

„Freude?"

„Wenn ich gewonnen hätte, wäre ich nie wieder ich selbst gewesen. Es war der schönste Moment meines Lebens, als ich erfuhr, dass es zu Ende war."

Sie fuhren eine Weile schweigend weiter, bis Ryan bemerkte: „Stacey, du bist einzigartig! Du stellst fast meinen Glauben an die Menschheit wieder her."

Die Kinder wachten nach und nach auf, nörgelten und waren quengelig. Stacey versuchte, sie zu unterhalten, während Ryan fuhr. Sie machten immer häufiger Pausen, bis sie schließlich am Rande Atlantas anhielten.

Ryan war enttäuscht. „Ich dachte, wir würden es heute Nacht bis in die Berge schaffen. Es lohnt sich doch nicht, für eine Nacht die Zelte aufzuschlagen. Sollen wir ein Motel anfahren?" Die Kinder protestierten voller Empörung.

Nach einem kurzen Blick in den Campingführer fuhr Ryan die Autobahn zurück. Eine Stunde später gelangten sie an einen Platz mit dem Schild „Camper's Kingdom". Dort bogen sie ab.

„Bist du sicher, dass dies hier kein Autokino ist?“, fragte Stacey, als sie die aufgereihten Campingwagen sah, die so ordentlich in Reih und Glied standen.

Ryan warf ihr einen Blick zu, der einen ganzen Saal alberner Teenager zum Schweigen gebracht hätte. „Wir sind da, alles aussteigen.“

Es dämmerte bereits, doch auf dem Campingplatz war es taghell. Scheinwerfer beleuchteten die Szene, die Einrichtung hätte jedem Gefängnis Ehre gemacht. Als freie Stelle wurde ihnen ein mit kleinen Steinen abgeteilter Bereich zugewiesen, der zwar für den Wohnwagen, nicht aber auch noch für ein Zelt ausreichte. Nach sorgfältiger Überlegung kündigte Ryan an, dass er mit den Jungen unter freiem Himmel schlafen würde. Stacey und die Mädchen hätten den Wagen für sich.

„Meinst du das ernst, Ryan? Was ist, wenn es regnet?“

„Mach dir keine Sorgen, Stacey. Am Himmel ist keine einzige Wolke zu sehen.“

Stacey bestand darauf, dass sie erst einmal aßen. Dann trafen sie ihre Vorbereitungen für das Übernachten. Anschließend wollten sie schwimmen gehen.

Als Stacey den Wohnwagen im Badeanzug verließ, blickte Ryan sie bewundernd an. „Meine Stimme hättest du gehabt“, versicherte er ihr.

Der Swimmingpool war nicht nur mit Badenden überfüllt, sondern das Wasser war obendrein lauwarm und ziemlich flach. Christy klammerte sich ängstlich an Stacey, aber bei so viel Betrieb bestand sowieso keine

Gefahr zu ertrinken. Sie planschten ein paar Minuten halbherzig und machten sich dann in Badetücher gehüllt auf den Weg zum Wohnwagen.

„Wir können nirgends ein Lagerfeuer für Marshmallows entzünden", stellte Stacey bedauernd fest, als sie den winzigen Grill auf ihrem Platz betrachtete. „Ein geselliges Liedersingen steht wohl auch außer Frage." Der Lärm von einem Dutzend verschiedener Radio- und Fernsehsender tönte über den ganzen Campingplatz. Es blieb ihnen also nichts anderes übrig, als sich in den Wohnwagen zu setzen und Geistergeschichten zu erzählen.

Ryan und Caroline machten es sich auf dem Teppich vor dem Bettsofa gemütlich, Stacey setzte sich mit Christy und den beiden Jungen auf die Couch. Sie waren auf so engem Raum beisammen, dass Stacey Ryan mit ihren nackten Beinen beinahe berührte. Die Vorstellung allein jagte ihr prickelnde Schauer über den Rücken.

Nachdem David und Jonathan als Erste ihre Geschichte vortrugen, begann Caroline in aller Unschuld etwas Zweideutiges zu erzählen.

„Jetzt bin ich an der Reihe", fiel Stacey ihr schnell ins Wort, als sie eine Pause machte. „In einer großen Stadt im obersten Stock eines Wolkenkratzers wohnte eine alte Frau ganz allein in ihrem Apartment." Ryan begann zu stöhnen, doch sie ignorierte seine Reaktion und schilderte, wie die Frau wiederholt Drohanrufe bekam. „Ich bin der Würger, und ich komme ..."

Die Kinder kauerten sich ängstlich zusammen. Stacey war mit dieser Reaktion ihres Publikums sehr zufrieden und steigerte sich. Genau in diesem Moment ertönte ein unheimliches Geräusch außerhalb des Wohnwagens, das sie alle erschreckt zusammenfahren ließ. Ryan nutzte die Gelegenheit und zog Stacey in die Arme.

„Das ist ein Käferfänger“, rief Caroline begeistert aus und spähte mutig aus dem Wohnwagen. „Die Nachbarn haben ihn aufgestellt, er zischt so laut.“

„Oh, wunderbar“, seufzte Stacey und lehnte sich einen Moment gegen Ryan. „Da wird wohl nichts aus eurem Vorhaben, in der amerikanischen Wildnis unter freiem Himmel zu übernachten.“

Die Kinder hasteten hinaus, um die Attraktion zu begutachten. „Morgen werden sich dort Hunderte von glitschigen Kröten versammeln, um die toten Käfer zu verspeisen“, flüsterte Ryan genüsslich.

„Nun, wir waren ja auf der Suche nach der Tierwelt.“ Stacey bemerkte, dass sie wieder mit diesem starken Akzent ihrer Heimat sprach. Dieser Mann brachte sie völlig durcheinander.

„Dein Haar riecht so gut, Stacey! Wenn deine Cousine uns jetzt so sehen könnte, würde sie sicher ärgerlich werden.“ Als die Kinder in den Wohnwagen zurückkehrten, entließ Ryan Stacey aus seiner Umarmung. „Ich glaube, es ist Zeit, ins Bett zu gehen.“

Die Jungen bliesen ihre Luftmatratzen auf und entrollten die Schlafsäcke, um sie darauf zu betten. Ryan verschmähte solchen Luxus, er legte seinen alten Schlafsack direkt auf die Kieselsteine neben dem Wohnwagen.

Stacey schloss die Gardinen und zog sich mit den Mädchen für die Nacht um. Dann liefen sie zusammen über den Campingplatz zu den Duschräumen.

Die Kinder waren zu müde, um herumzualbern, sie waren schon nach kurzer Zeit eingeschlafen. Selbst wenn es auf dem Platz vollkommen ruhig gewesen wäre, hätte Stacey noch lange wach gelegen. Mit all dem Lärm der Fernseher und Radios und dem Rumoren des Käferfängers wurde es aber Morgen, als sie endlich einschlief.

Im Morgengrauen legte sich Tau wie eine schwere, feuchte Decke über den Campingplatz. Er durchnässte nicht nur den Boden, sondern auch Ryan und die beiden Jungen. Die Kinder spürten es als Erste. Fröstelnd öffnete David die Tür zum Wohnwagen. Jonathan stand an seiner Seite. Stacey trocknete sie mit Badehandtüchern ab und packte sie zu ihren Schwestern ins Bett. Bald darauf waren sie aufgewärmt und schliefen wieder ein. Stacey nahm sich eine Decke, klappte einen der Sitze nach hinten und rollte sich darauf ein. Bevor sie die Augen schloss, lugte sie hinaus zu Ryans Schlafsack. Dort rührte sich nichts.

Seufzend warf sie die Decke zur Seite, stand auf und verließ den Wohnwagen. Sie kniete sich neben Ryan und schüttelte ihn sanft. „Ryan, wach auf, du bist vollkommen durchnässt.“ Er war nicht nur mit Tau bedeckt, sondern sein Schlafsack sog dazu noch Feuchtigkeit aus der Erde auf.

„Ryan!“, wiederholte sie lauter.

„Pst!“ Eine Nachbarin beugte sich aus dem Fenster heraus. „Anständige Leute versuchen um diese Zeit zu schlafen!“

Stacey schüttelte Ryan noch einmal. „Ryan, wach auf!“

Plötzlich fasste er nach ihr und zog sie auf den Schlafsack hinunter. „Ich habe gerade geträumt, dass wir beide im Regen spazieren gehen.“

„Du träumst so etwas, weil du patschnass bist.“

„Mir ist auch kalt. Komm zu mir, und wärm mich.“ Schon nestelte er am Reißverschluss.

„Ryan, nicht!“, rief Stacey lauter als geplant.

„Wenn Sie nicht sofort Ihr obszönes Benehmen einstellen, rufe ich den Aufseher!“

Ryan blickte wütend zur Nachbarin hinüber. „Lady, nehmen Sie Ihren Pudel und den Käferfänger und …“

Stacey fiel keine bessere Lösung ein, als Ryan den Mund mit einem Kuss zu verschließen. Das nutzte er gleich. Er küsste sie so leidenschaftlich zurück, dass sie ihre Geste sofort bereute. Die Situation wurde ihr allmählich zu gefährlich. Sie befreite sich hektisch aus seiner Umarmung und stand auf. „Also, ich werde nicht hier draußen bleiben und mich zu Tode frieren. Sie lief so schnell wie möglich zum Wohnwagen hinüber. Als sie die Tür hinter sich geschlossen hatte, hörte sie Ryan laut lachen.

Einige Minuten später folgte er aber. Schweigend überreichte sie ihm ein Handtuch, bevor sie sich erneut schlafen legte. Sie hörte, wie der andere Vordersitz quietschend in die Liegeposition gerückt und mit Decken hantiert wurde. „Gute Nacht, Stacey MacDonald.“

## 4. KAPITEL

Die Sonne ging auf, aber niemand merkte das im „Camper's Kingdom". Dort hatte man es versäumt, nachts die starken Scheinwerfer auszustellen, sodass es durchgehend taghell gewesen war. Die vier Kinder ließen sich dadurch nicht beirren. Zur üblichen frühen Stunde waren sie hellwach und stürzten sich auf Ryan und Stacey.

Stacey entdeckte dabei eine Seite an Ryan, die ihr vorher verborgen geblieben war: Er gehörte nicht zu den Menschen, die morgens vergnügt aufstehen. Unmutslaute begleiteten sein Wirken, als er die Schlafsäcke unter den Sitzen verstaute. Stacey beeilte sich, die Kinder zu den Duschräumen zu bringen. Nachdem alle gewaschen und gekämmt waren, ging es kurzerhand nach North Carolina weiter.

„Eigentlich hat ein Frühstück seine Vorteile."

Stacey sah Ryan herausfordernd an, als sie vom Campingplatz hinunterfuhren. Seine dunklen Locken hingen ihm wirr in die Stirn, und mit den Bartstoppeln sah er aus wie ein verwegener Detektiv aus einer Fernsehserie.

„Ich frühstücke nie."

„Aber deine Kinder doch wohl?"

Ein leichtes Lächeln huschte über sein Gesicht. „Können wir sie nicht umerziehen?"

„Vielleicht wenn sie einundzwanzig sind?" Stacey blickte aus dem Fenster und beobachtete die Landschaft, bis sie schließlich an einer Raststätte anhielten.

Dort bekam sie Gelegenheit zum Staunen. Ryan taute mit jedem Schluck Kaffee mehr auf, es war, als wäre der ein Zaubertrank. Die Kinder verschlangen Eier mit Schinken, Grütze und frische Brötchen mit Honig. Es schien, als könne selbst Christy nicht genug bekommen. Sie konsumierte einen riesigen Berg von Brot.

Ryan beobachtete das erfreut. „Sie hat sich so zu ihrem Vorteil verändert, es ist kaum zu glauben!"

Christy ging es wirklich besser. Obwohl sie noch immer sehr an Stacey hing, begann sie wieder, sich für ihre Umwelt zu interessieren. Seit Stacey sich um sie kümmerte, ließ sich auch ein gewaltiger Fortschritt in dem Sprachvermögen des kleinen Mädchens feststellen. Sie lernte ständig neue Wörter und begann in ganzen Sätzen zu sprechen. Es würde noch ein wenig dauern, doch Christy erholte sich von ihrem Schock.

Die Jungen waren mit der Situation besser klargekommen als ihre Schwestern. In ihrer Vertrautheit als Zwillinge hatten sie sich gegenseitig helfen können, ihre Traurigkeit zu überwinden.

Stacey machte sich vor allem um Caroline Sorgen. Obgleich sie ausgeglichen wirkte, lag in ihren Augen ein Ausdruck, der Stacey erschreckte. Dass Caroline noch immer trauerte, zeigte sich auch daran, dass sie nie über ihre Gefühle sprach. Das Thema Eltern war bei ihr sowieso tabu, wenn die Rede auf sie kam, schaltete sie sofort ab. Es war, als hätte sie Angst, von ihrem Kummer erstickt zu werden. Stacey und Ryan sagten sich, dass wohl nur Geduld und Zeit helfen würden, Carolines Kummer zu erleichtern.

„Ryan, es sind sehr liebe Kinder, ich mag sie mehr und mehr." Stacey nahm einen Schluck Kaffee und lehnte sich wieder zurück.

Ryan sah sie ernst an. „Wenn du gehst, werden die Kinder wieder das Gefühl haben, einen Elternteil zu verlieren."

Das stimmte, und Stacey machte sich deshalb häufig Sorgen.

Sie trank wieder von ihrem Kaffee und blickte Ryan entschlossen an. „Ich glaube, dafür eine Lösung zu haben."

„Und was für eine ist das?"

„Ich möchte nach dem Sommer weiterhin ab und zu mit ihnen zusammen sein. Sie werden mich irgendwann vergessen, aber wenn ich eine Weile mit ihnen in Kontakt bleibe, erleiden sie nicht noch mal einen Verlust." Stacey seufzte und betrachtete sinnierend ihre leere Tasse.

„Und wie steht es mit deinen eigenen Gefühlen, Stacey?"

Er hatte recht. Es war gerade Juli, ihre gemeinsame Zeit begann erst, und schon machte sie sich Sorgen wegen des Endes. „Ich werde sie sehr vermissen. Ständig denke ich, dass ich mich ein wenig zurückhalten sollte, aber es geht einfach nicht."

Ryan gefiel ihre Ehrlichkeit. Sie blickten sich lange in die Augen, bis Stacey nervös wurde. Unter dem Vorwand, nach Christy sehen zu müssen, die aus ihrem Kinderstuhl zu klettern versuchte, stand sie schnell auf.

Als Stacey zurückkam, war der Bann gebrochen. Sie beendeten ihr Frühstück und nahmen sich Proviant für ein Picknick mit. Kurz darauf waren sie wieder auf ihrem Weg nach North Carolina.

Nachdem sie eine Stunde gefahren waren, deutete Stacey auf eine Ausfahrt. „Der Weg führt zu dem Haus meiner Eltern."

Ryan blickte sie kurz von der Seite an und grinste. „Wir sind so nahe dran, und du hast mir vorher nichts davon gesagt? Wir hätten doch bei ihnen vorbeisehen können."

„Um ehrlich zu sein, meine Eltern wissen überhaupt nichts von dieser Reise. Ich habe Margie um Verschwiegenheit gebeten. Ich bin zwar dreiundzwanzig, aber wenn meine Eltern erführen, dass ich allein mit dir campen fahre, egal aus welchen Gründen und unter welchen Umständen, dann machen sie mir sicher die Hölle heiß."

Ryan musterte sie eine Weile und lächelte. „Und das sollten sie auch! Wer hat denn schon so etwas gehört?", scherzte er.

„Sicher tut so etwas niemand aus meiner Familie, so viel ist klar. Na ja, außer Greg vielleicht. Sie reden immer noch über meinen ältesten Bruder, der vor einigen Jahren mit einem sehr jungen Mädchen aus der Nachbarschaft durchgebrannt ist. Die beiden haben keine Kinder, aber wenn sie irgendwann welche haben werden, dann sagt garantiert jeder: ‚Siehst du, ich wusste doch, dass die beiden heiraten mussten!'"

Ryan lachte. „So ist das also, wenn man in Georgia auf dem Land aufwächst."

„Das ist einer der Nachteile. Das Schöne daran ist, dass alle liebevoll miteinander umgehen. Meine Familie ist sehr groß, und niemand wird sich jemals einsam fühlen. Als wir klein waren, gab es immer jemanden, der auf uns aufpasste."

„Und nun reichst du die Fürsorge an meine Nichten und Neffen weiter."

Stacey lächelte. „Mit der Liebe ist das eben so. Je mehr du bekommst, desto mehr kannst du weitergeben."

„Ich kann mir vorstellen, dass schon viele Männer davon etwas abbekommen wollten?" Er musterte sie wieder von der Seite, und sein Blick blieb länger als nötig auf ihrem knappen smaragdgrünen Top haften.

Stacey machten seine Worte glücklich. Sie sah aus dem Fenster und erfreute sich an der ihr so vertrauten Landschaft, die immer gebirgiger wurde. Sie fuhren an Souvenirständen vorbei, die auch Wildhonig boten, und am Rande der Straße stand einmal ein Junge, der in einem schwarzen Eisenkessel Erdnüsse kochte. Stacey bat Ryan, anzuhalten und für die Kinder einige zu kaufen.

Tief in den Bergen im Norden Georgias verlangsamten sie die Fahrt und bummelten nun über schmale Pässe. Sie kamen an farbenprächtigen Wiesen vorbei und an weißen Kirchen mit spitzen Dächern, deren Türme sich von dem grünen Hintergrund der Berge abhoben. Überall verstreut fanden sich Läden, die ländliches Kunsthandwerk anboten.

Große Aufregung erfasste alle, als sie die Grenze von North Carolina passierten. Um dies zu feiern, hielten sie an und machten ein Picknick. Von ihrem Platz aus konnten sie auf ein Tal hinuntersehen, in dem es ausgedehnte Kohlfelder gab. Sie wirkten von oben wie rechteckige blaugrüne Seen, sogar eine Wellenbewegung meinte man als Betrachter erkennen zu können.

Als sie wieder im Wohnwagen saßen, studierte Ryan die Landkarte. „Es dauert nur noch eine Stunde, bis wir da sind. Wir sollten jetzt alle ein Nickerchen halten, es kostet viel Energie, die Zelte aufzubauen."

„Vergiss nicht, dass wir vorher auch noch einkaufen müssen", erinnerte Stacey ihn, bevor sie sich zum Schlafen ausstreckte.

Nach ungefähr sechzig Kilometern erreichten Stacey, Ryan und die Kinder ihr Ziel. Sie hatten sich mit einem Ranger besprochen, bevor sie sich, mit fünf großen Provianttüten im Wagen, auf einem kleinen, schwach besuchten Campingplatz im Nantahala Wald niederließen. Hundert Meter entfernt rauschte ein breiter Bach vorbei. Der Ort war idyllisch, überall wuchsen wilde

Blumen, und von jedem Winkel aus konnte man die zerklüfteten Berge sehen.

„Alles aussteigen!“ Ryan blickte sich begeistert um. „Ist das nicht herrlich?“

„Ein ganz schöner Unterschied zu gestern Nacht“, stimmte Stacey ihm zu. Ryan hatte ihre Hand ergriffen und hielt sie einen Moment. Stacey genoss die liebevolle Geste. Sie waren tatsächlich Freunde, was sie auch darüber hinaus für Ryan empfand.

Ohne sich lange darüber Gedanken zu machen, welcher Platz für die Zelte am besten geeignet war, schleppte Ryan die Ausrüstung zum Bach, um dort alles aufzubauen. Stacey und die Kinder halfen ihm dabei.

Als Ryan sein Kinderzelt aus dem Paket holte, gab es Gelegenheit zum Lachen. Er hatte recht gehabt: Die alten Produkte unterschieden sich tatsächlich von den neuen. Der Stoff war zentnerschwer. Unglücklicherweise war das Material teils von den Motten angefressen. Ryans Mutter hatte deshalb wohlweislich eine Tube Zeltkleber mitgeschickt.

Als der Inhalt verbraucht war, blieb noch immer die Hälfte zu reparieren. Überlegen lächelnd zog Stacey eine weitere Packung hervor und reichte sie Ryan. „Meinst du, das könnte helfen? Ich dachte, wir würden es vielleicht brauchen.“

Ryan zeigte seinen Unwillen und steckte die Hand durch ein riesiges Loch im Moskitonetz, um die Gabe entgegenzunehmen. Als Friedensangebot bereitete Stacey eine eiskalte Limonade mit frischem Gebirgswasser zu. Als sie nach einer Stunde endlich alles aufgebaut hatten, setzten sie sich zusammen an den Picknicktisch und erfrischten sich mit dem Getränk.

Stacey gähnte. „Ich würde gern mal duschen." Die sauerstoffarme Bergluft zeigte erste Auswirkungen.

„Ich fürchte, ich habe in der Hinsicht schlechte Nachrichten für dich, Stacey."

Der Campingplatz hatte keine Waschräume. Tatsächlich war das einzige fließende Wasser auf dem ganzen Gelände der sprudelnde Bach. Für jeweils sechs Benutzer gab es außerdem eine handbetriebene Wasserpumpe. Und die sanitären Anlagen? Sie waren auf die Bedürfnisse eingefleischter Naturfreunde zugeschnitten.

Ryan stand auf und holte eine Box aus dem Wohnwagen. „Aber das habe ich erwartet. Das hier ist eine Solardusche. Man muss sie an einem Baum aufhängen und mit Wasser füllen. Die Sonne wärmt es auf, man öffnet den Hahn und hat schon eine Dusche."

Und so ein Vorschlag kam von einem Mann, der keinen Campingkocher mitnehmen wollte! „Wenn du meinst, ich würde zwischen den Bäumen duschen, dann hast du dich aber getäuscht, Ryan Cunningham!"

Die Kinder hatten keine Skrupel. Sie schlüpften in ihre Badehosen und warteten, bis Ryan Wasser in den Behälter gefüllt hatte. Dann drehten sie den Hahn auf, stellten sich unter das Bachwasser und kreischten vor Vergnügen. Stacey begnügte sich mit einer Katzenwäsche, und Ryan beschränkte sich auf das Zusehen.

Stacey verstand sich ausgezeichnet mit Ryan. Sie scherzten und neckten sich, jeder las dem anderen die Wünsche von den Augen ab, und durch das tägliche Zusammenleben entstand eine angenehme Vertrautheit.

Stacey verband mit Ryan jedoch nicht nur harmonische Freundschaft. Jedes Mal, wenn sie sich berührten, lief ihr eine Gänsehaut über den Rücken, und sie fühlte sich lebendig wie nie. Und eines wusste sie ganz sicher: Ihre Gefühle für Ryan hatten nichts mit dem zu tun, was ein Kindermädchen für seinen Arbeitgeber empfindet. Es war etwas dabei, das sehr viel tiefer ging, zumindest von ihr aus. Und das versetzte sie in Hochstimmung.

Ryan entfachte ein Feuer in dem Grillgerät, das jedem Camper auf dem Platz zur Verfügung gestellt wurde. Als die Sonne hinter den Bergen verschwunden war, tauchten seine Flammen die nähere Umgebung in ein rosarotes Licht. Das Abendessen bestand aus Spießen mit zartem Steakfleisch, frischen Pilzen und kleinen gekochten Kartoffeln. Dazu aßen sie Tomaten und Salatgurken. Um Geschirr zu sparen, wollte Ryan aus der Hand essen, Stacey fand Gefallen an diesem improvisierten Schmaus.

Die Kinder rösteten sich als Dessert Marshmallows, dazu gab es Kräcker und Schokoladencreme. Ryan und Stacey erhitzten Wasser auf ihrer kleinen Feuerstelle, um sich Kaffee zu bereiten.

Auf Bitten der Kinder richtete Ryan neben ihren Zelten eine richtige Feuerstelle ein, während Stacey mit ihren kleinen Helfern den Essplatz aufräumte. Gewaschen und umgezogen für die Nacht, saßen Caroline, Christy, David und Jonathan bald um ein prasselndes Feuer herum und erzählten einander Gruselgeschichten. Stacey zog sich eine Jeans und einen grünen Pullover über. Sie nahm ihre Gitarre und gesellte sich dazu.

„Willst du jetzt endlich beweisen, dass du auch spielen kannst?“, neckte Ryan sie. „Ich habe mich schon gefragt, warum wir sie mit uns herumschleppen.“

Stacey ignorierte seine Bemerkung und stimmte die Saiten. „Welche Lieder kennt ihr?“

Sie sangen zusammen etliche Folksongs, und Stacey freute sich, dass Ryan im Gegensatz zu vielen anderen Männern Spaß am Singen hatte.

„Lasst Stacey etwas allein vortragen“, schlug Ryan vor, nachdem die Kinder eine ganze Weile mit Inbrunst „Ein Loch ist im Eimer“ gesungen hatten.

Stacey stimmte „Me and Bobby McGee“ von Janice Joplin an, mit dem Song hatte sie den Miss-Gainesville-Titel gewonnen. Er handelte von dem Glück einer neuen Liebe und dem Schmerz, sie wieder zu verlieren. Als der letzte Akkord verklungen war, schwiegen die Kinder beeindruckt, einen Moment waren nur zirpende Grillen zu hören.

Schließlich brach Ryan das Schweigen. „Du hättest eine wundervolle Miss Amerika abgegeben.“

„Wenn ich gewonnen hätte, wäre ich sicher nicht

hier. Ehrlich gesagt, momentan gibt es keinen anderen Ort, an dem ich lieber wäre."

Sie sangen gemeinsam „Old MacDonald had a Farm". Nachdem sie das Stück beendet hatten, begann Stacey aus ihrer Kindheit zu erzählen. „Wir liebten dieses Lied und sangen es bei jeder Gelegenheit. Meine Brüder hatten im Hof ein Schild mit dem Namen ‚Old MacDonalds Farm' angebracht."

„Wie viele Brüder und Schwestern hast du?"

Stacey lachte. „Zuerst waren wir zwölf."

Jonathan krauste die sommersprossige Nase. „Herrje, elf Brüder und Schwestern!"

„Ja, und stell dir vor, es gibt sogar ein Zwillingspaar darunter."

„Wie alt sind die Zwillinge?", fragte David interessiert.

Stacey überlegte kurz. „Mal sehen, sie sind acht Jahre jünger als ich, also müssen sie fünfzehn sein."

„Können wir sie irgendwann besuchen?"

Stacey sah hilfesuchend zu Ryan hinüber. Sie wollte kein Versprechen geben, das sie nach diesem Sommer nicht einlösen konnte. Und sie wollte nicht sagen, dass ihre gemeinsame Zeit irgendwann vielleicht vorbei war.

„Ich glaube, das ist eine gute Idee", antwortete Ryan an ihrer Stelle. „Vielleicht können sie für euch ein gutes Beispiel an vorbildlichem Benehmen sein."

Mit Geschrei stürzten sich die beiden auf Ryan, um ihn zu kitzeln. Nach einem wilden Gerangel wurden sie zum Schlafen geschickt. Stacey brachte die beiden Mädchen ins Bett und schloss das Zelt von außen. Es war noch zu früh für sie, sich ebenfalls hinzulegen.

Das Lagerfeuer knisterte noch immer. Ryan war nirgends zu sehen. Stacey setzte sich wieder und schaute andächtig in die Flammen. Um sich zu wärmen, hatte sie die Arme vor der Brust gekreuzt.

„Ist dir kalt, Stacey?"

Sie drehte sich um und sah Ryan aus der Dunkelheit auftauchen. „Ein bisschen, aber das Feuer wärmt."

Er zog einen dicken Holzblock heran und platzierte ihn so dicht wie möglich neben der Glut. „Komm her, Stacey", forderte er sie auf.

Daraufhin setzte sie sich neben ihn, versuchte aber, so viel Abstand wie möglich zu halten. „Komm näher, ich wärme dich."

Das war nicht zu viel versprochen. Ryans Nähe wärmte sie immer, ob sie das gerade brauchte oder nicht. Nach kurzem Zögern rückte sie noch dichter an ihn und lehnte den Kopf gegen seine Schulter. Es kam ihr ganz selbstverständlich vor.

Ryan atmete tief. „Du fühlst dich so gut an. Ich glaube, mir war auch kalt."

Stacey hatte keine Vorstellung, wie viel Zeit verging, während sie und Ryan am Feuer saßen und sich wärmten. Sie spürte nur, dass sie alles intensiv wie nie zuvor wahrnahm: Ryan neben sich, seinen Arm, der auf ihrer Schulter lag, seine Hand, wenn er ab und zu sanft über ihren Rücken strich und sie davon Herzklopfen bekam.

Sie spürte die Wärme, die sie beide umfing, und nahm den Geruch des verbrennenden Holzes in sich auf.

Eine Ewigkeit schien vergangen zu sein, als Ryan den Bann brach. „Du bist so weich wie ein Kätzchen. Wie kommt es nur, dass du dich noch von keinem Mann entführen lassen hast?“ Er stand auf, um einen weiteren Holzscheit in die Glut zu werfen.

Die Antwort auf seine Frage fiel ihr nicht schwer. Es war ganz einfach: Sie hatte auf ihn, Ryan Cunningham, gewartet. Stacey schwieg, warum sollte sie ihm dies offenbaren? Es würde sie nur beide verwirren. Sie zögerte, bis sie sagte: „Ich wollte es eben einfach nicht.“ Sie hatte sich Mühe gegeben, ihr inneres Durcheinander zu verbergen, doch der Akzent verriet sie.

Ryan kehrte ihr noch immer den Rücken zu. Er stocherte im Feuer. „Es ist komisch. Ich fand es immer selbstverständlich, wenn Frauen beruflich Karriere machen. Aber bei dir kann ich mir das kaum vorstellen. Du bist wohl eher dazu geboren, Mann und Kinder glücklich zu machen und dich an ihnen zu erfreuen.“

„Eine Art Dinosaurier im zwanzigsten Jahrhundert. Sozusagen Jahrhunderte zu spät geboren, oder?“

Ryan wandte sich um. „So meine ich das nicht. Nur, wenn ich dich ansehe, dann denke ich mir ein Haus dazu, vor dem Rosensträucher wachsen, den Duft von frischem Apfelkuchen im Ofen und die Stimmen von spielenden Kindern im Hintergrund. Das ist doch nichts Schlechtes, dessen man sich schämen müsste. Ich frage mich nur, warum du einen anderen Weg eingeschlagen hast."

Vielleicht war es doch nicht so einfach, wie sie gedacht hatte? Sie war bisher nie ernsthaft verliebt gewesen, und das hatte es ihr erleichtert, sich all diese Dinge aus dem Kopf zu schlagen, die sie so schätzte: Haus, Familie und Kinder. Aber jetzt gab es jemanden, für den sie mehr empfand. Doch selbst wenn Ryan ihre Gefühle erwiderte, so änderte dies nichts daran, dass sie eine bestimmte Ausbildung absolviert hatte. „Wenn ich nicht heirate und keine eigenen Kinder habe, dann bin ich trotzdem immer mit meinen Schülern zusammen. Deshalb wollte ich Lehrerin werden."

„Du wirst in deinem Beruf vorbildlich sein, aber du wärst eine noch bessere Mutter. Du gibst zu viel, es wird dir jedes Mal wehtun, wenn du dich von deinen Schülern trennen musst."

Ryan war der erste Mensch, der ihr so etwas sagte. Stacey erinnerte sich an ihr Schulpraktikum in einer kleinen Stadt im Norden Floridas. In ihrer Klasse hatte es einen kleinen Jungen mit großen Augen und zottigem Haar gegeben, der jeden Tag mit dem gleichen schmutzigen alten Hemd zur Schule gekommen war. Sie wusste noch genau, welche Sorgen und Gedanken sie sich damals um ihn gemacht hatte. Bekommt er genug zu essen? Wird er von seinen Eltern misshandelt? Sie hatte besondere Anstrengungen unternommen, um ihm ein wenig näherzukommen.

Ihre Vorgesetzte hatte sie schließlich vertraulich zur

Seite genommen, um ihr zu erklären, dass dieser kleine Junge nur einer von vielen war, dass er in wenigen Wochen aus ihrem Leben verschwinden würde, ohne dass Stacey etwas daran ändern konnte. Solange er sich in ihrem Einflussbereich befand, könne sie sich freundlich und rücksichtsvoll um ihn kümmern, und wenn sie den Verdacht habe, dass er misshandelt würde, müsse sie eine Anzeige machen. Doch Armut sei kein Verbrechen und zerrissene Kleidung keine Begründung für eine Anzeige. Stacey solle sich von ihren Gefühlen freimachen, sie müsse es eben so hinnehmen.

Das hatte sie schließlich getan. Doch es war ihr sehr schwer gefallen. Genauso würde sie am Ende des Sommers Ryans Kinder gehen lassen. Aber die ständigen Trennungen würden schließlich ihre Spuren hinterlassen.

Stacey erhob sich und verschränkte fröstelnd die Arme. „Trotzdem werde ich unterrichten. Ich muss eben lernen, mit den Schwierigkeiten umzugehen."

Ryan trat auf sie zu und legte den Arm um ihre Schultern. „Es tut mir leid, Stacey, das geht mich sowieso nichts an." Sie blickte ihn an und wollte erst etwas erwidern, doch dann schwieg sie.

„Wenn das Mondlicht auf dein Haar scheint, siehst du aus wie eine Waldnymphe." Ryan beugte sich vor und küsste sie. Dieser Kuss hatte nichts mit bloßer Freundschaft zu tun, er war verführerisch und leidenschaftlich.

Stacey seufzte leise und öffnete die Lippen. Ryan zog sie daraufhin noch fester an sich und steckte die Hand unter ihren Pullover. Stacey tat es ihm gleich. Sie spürte dabei seine glatte Haut und die harten Muskeln.

„Stacey, weißt du, was du tust, oder bist du vom Mondlicht verhext?“ Bevor sie antworten konnte, küsste er sie wieder, diesmal noch leidenschaftlicher, noch intensiver.

„Hat dir niemand erzählt, dass dieser Stoff süchtig macht?“

Stacey rückte ein Stück von ihm ab. „Es macht dir wohl Spaß, mit mir zu reden, als wäre ich zwölf Jahre alt? Falls du es noch nicht bemerkt haben solltest: Ich bin eine erwachsene Frau.“

„Du magst vielleicht eine Frau sein, aber du bist so unschuldig wie ein Baby, wenn du glaubst, dass dein Verhalten keine Konsequenzen hat.“

Stacey verstand es, dass er so die aufflammende Leidenschaft in den Griff bekommen wollte. Sie trat einen Schritt zurück und blickte ihn an. „Gut, ich werde von meinem schamlosen Verhalten ablassen. Gute Nacht.“

Sie drehte sich um und wollte gerade im Zelt verschwinden, als Ryan sie am Arm ergriff. „Denke nur nicht, dass mir dein herausforderndes Benehmen nicht gefällt. Aber wir haben noch einen ganzen Monat und viele solcher Nächte vor uns. Ich musste es deiner Cousine schwören, dass du dieselbe bist, wenn wir zurückkommen. Sei also vorsichtig, ich möchte nicht mein Wort brechen.“ Er kam noch näher und gab ihr einen Kuss. „Und nun gute Nacht, Stacey.“

„Gute Nacht, Ryan.“

## 5. KAPITEL

Zarte Tautropfen bedeckten das Gras, sie schimmerten wie Diamanten. Überall hingen feine Nebelschwaden über dem Boden, sie verliehen der Landschaft so viel Schönheit, dass es einem den Atem verschlug.

Stacey wollte die beiden Mädchen nicht wecken und zog deshalb die Zeltklappe hoch, als sie nach draußen gehen wollte. Die Sonne war noch nicht zu sehen, doch hinter den Bergen war durch den Dunst schon rotes Glühen zu erkennen, das einen sonnigen Tag ankündigte.

Sie lief auf dem kleinen Pfad am Bach entlang. Als sie zwei Rehe auf dessen anderer Seite entdeckte, die von dem eiskalten Wasser tranken, setzte sie sich leise auf einen Felsbrocken, um die Tiere zu beobachten. Ohne sich von ihr stören zu lassen, blieben sie an ihrem Platz, erst nach einer Weile verschwanden sie im Wald.

Das Wasser war knietief. Auf dem Grund lagen große glatte Steine. Ohne zu zögern, zog sich Stacey die Turnschuhe aus und rollte die Hosenbeine hoch.

Doch zwei Dinge hatte sie nicht bedacht: Die Steine warten glitschig, und die Strömung hatte so viel Kraft, dass man nur schwer die Balance halten konnte. Sie rutschte aus und saß im Wasser, ehe sie es recht begriff.

„Nun gut“, sagte sie sich, „Wasser kann nicht schaden“, obwohl das Wasser sie fast erstarren ließ. „Und wenn ich sowieso schon nass bin ...“ Sie beugte sich vor, sodass nun auch ihre Haare nass wurden.

„Stacey, bleib, wo du bist. Ich komme sofort!"

Sie hob erstaunt den Kopf und erblickte Ryan. Mühsam bewegte er sich über die rutschigen Steine fort.

„Um Himmels willen, Ryan, es ist doch alles in Ordnung!", rief sie ihm zu und stand vorsichtig auf. „Gib acht, dass du nicht fällst!" Doch diese Warnung kam zu spät. Schon war es passiert!

Als Ryan den Halt verlor und ins Wasser fiel, konnte Stacey sich kaum das Lachen verbeißen. Sie presste sich die Hand vor den Mund und drehte ihm den Rücken zu, damit er es nicht bemerkte.

Schon war er bei ihr. „Es ist schon gut, Stacey. Wenn du erst mal trocken bist, geht es dir wieder besser."

„Oh, Ryan, du hast so ulkig ausgesehen!"

Er blickte sie ungläubig an. Stacey war nicht verletzt und auch nicht verängstigt, stattdessen lachte sie ihn aus? „Also, ich werde es dir zeigen!" Mit einem sanften Stoß beförderte er sie auf den Boden zurück. Doch Stacey hatte das vorausgesehen und hielt ihn fest. So fiel er mit ihr.

Sie rangelten eine Weile wie die Kinder, dann stolperten sie gemeinsam zum Ufer zurück.

Beide zitterten sie vor Kälte, Stacey klammerte sich fröstelnd an Ryan. „Nun erzähl mir, um Himmels willen, was du hier im Wasser suchst", forderte er.

„Vielleicht Fische? Würdest du es mir glauben, wenn ich dir sage, dass ich es wie ein Indianer ohne Angel versucht habe?"

Ryan schüttelte den Kopf. „Lass uns zum Campingplatz zurücklaufen. Du bekommst eine Lungenentzündung, wenn du dich nicht umziehst."

„Ich glaube, mir wird schon wärmer." Stacey versuchte, Ryans Gesichtsausdruck zu deuten. Plötzlich wurde ihr klar, dass auch sie etwas bei ihm bewirkte. Auch er spürte diese Anziehungskraft zwischen ihnen.

„Komm, Stacey, beeil dich." Er ließ sie los und lief voraus zum Zeltplatz.

Als Stacey die Zeltkappe öffnete, stellte sie fest, dass Caroline und Christy bereits wach waren. Sie trocknete sich schnell ab und zog sich eine andere Jeans und ein Sweatshirt über.

Als sie mit den Mädchen das Zelt verließ, hatte Ryan schon ein Feuer im Grill entfacht. David und Jonathan waren unterwegs, sie wollten mit einem neuen Freund vom Zeltplatz das Gelände erkunden.

Stacey holte Eier und Speck heraus, um sie über dem Grill zuzubereiten. „Ich dachte, du magst nicht frühstücken."

„Aus irgendeinem Grund habe ich heute Appetit. Das muss an dem gemeinsamen Bad liegen."

„Es tut mir leid, Ryan, aber zuvor hat mich niemand jemals zu retten versucht." Stacey bemühte sich, ernst zu bleiben. „Ich werde es nie vergessen, wie du dich ins Wasser gestürzt hast, um mir zu helfen." Nun konnte sie sich nicht mehr beherrschen und lachte laut.

Ryan war inzwischen wach genug, um die Rettungsaktion selbst ulkig zu finden. „Kannst du dir überhaupt vorstellen, wie albern du ausgesehen hast, sitzt da mitten im Bach, den Kopf unter Wasser?“

„Und du hast mir zugerufen, ich soll bleiben, wo ich bin. Obwohl ich gerade ertrinke? Wo hätte ich denn hingehen können?“

„Noch ein Wort, Stacey …“ Ryan baute sich vor ihr auf und verschloss ihren Mund mit einem Kuss.

Ihr morgendliches Badeerlebnis sollte an diesem Tag nicht das einzige bleiben. Eine Weile spielten sie mit der Frisbeescheibe und erkundeten Bergwerke. Dann stiegen sie alle in den Wohnwagen und ließen sich von Ryan zu einem geheimen Ziel bringen. Er fuhr sie zu einer verfallenen Hütte, dort liehen sie sich Reifen und Schwimmwesten. Nachdem sie ausführliche Anweisungen bekommen hatten, wateten sie ins Wasser, kletterten in ihre „Boote“ und ließen sich mit der Strömung flussabwärts treiben.

Christys Reifen besaß einen festen Boden, und er war sicher zwischen denen von Stacey und Ryan vertäut. Das kleine Mädchen saß gelassen in seinem Gummifahrzeug und beobachtete die Umgebung, als wäre so eine Bachfahrt das Normalste auf der Welt.

Die heiße Sommersonne brannte auf sie herunter, und die Reifen schaukelten sanft mit ihnen abwärts. Die Füße und den Unterkörper im kühlenden Wasser, genossen Stacey, Ryan und die Kinder das Panorama, das sich ringsum bot.

„Ich habe so etwas vorher noch nie getan“, rief Stacey begeistert. „Ich fühle mich wie im Himmel."

„Warst du jemals in den Bergen, Stacey?"

Sie drehte sich zu ihm um und betrachtete voller Bewunderung seinen schlanken gebräunten Körper und seine muskulöse Brust, die feines krauses Haar bedeckte. Dass sie dabei eine Gänsehaut bekam, hatte sicher nichts mit dem kalten Wasser zu tun. „Farmer können sich Urlaubsreisen meist nicht leisten, besonders wenn sie zwölf Kinder haben. Das ist doch logisch, oder nicht?"

„Du bist aufgeregt wie ein Kind im Zirkus. Es macht Spaß, dir zuzusehen."

„Es klingt für deine Ohren vielleicht verrückt, aber ich habe mir immer vorgestellt, dass ich mich in den Bergen wie zu Hause fühlen würde. Da hatte ich recht."

„Ich freue mich, dass gerade ich dich dann hierher gebracht habe. Mir gefällt es, wenn du Spaß hast." Ihre Unterhaltung wurde gestört, Ryan musste ihre Reifen an einem Baumstamm vorbeimanövrieren, der quer im Wasser trieb.

Seine Bemerkung machte Stacey glücklich. Sie wärmte sie geradezu. Und Wärme benötigten sie alle, wie sich bald herausstellte. Nachdem sie beim Zeltplatz ihre Reifen aus dem kalten Bach gezogen hatten, konnten sie sich nämlich gerade noch abtrocknen – um überraschend vom Gebirgsregen erneut durchnässt zu werden.

Ryan rannte los, um den Wohnwagen zu holen, Stacey und die Kinder beeilten sich, den Proviant unter Dach und Fach zu bringen. Stacey versuchte, das Brennholz mit Plastik zu schützen, aber es war dafür bereits zu spät, alles war durchnässt. So ein Pech.

Sie zogen sich ein weiteres Mal um und drängten sich in Staceys Zelt dicht zusammen. Ein wahrer Sturzbach ergoss sich indessen auf den Campingplatz.

Sie reinigten das Zelt von schlammigen Fußstapfen und rollten die Schlafsäcke aus, um es sich gemütlich zu machen. Während Stacey mit Caroline und den Zwillingen Monopoly spielte, schlief Christy geräuschvoll in der Ecke. Sie hatte der aufregende Urlaubstag völlig erschöpft.

Stacey hatte gegen Ryans Willen doch einen kleinen Spirituskocher mitgenommen, auf dem erhitzte sie nun Wasser und bereitete heiße Schokolade zu. Im Lauf des Nachmittags ließ der Regen ein wenig nach.

Es verging viel Zeit, bis Ryan erschöpft und bis auf die Haut durchnässt zurückkehrte. Er nahm dankbar eine Tasse des dampfenden Getränkes entgegen und wechselte die Kleidung. Gegen Abend war der Regen in ein feines Nieseln übergegangen.

„Ich glaube, wir sollten jetzt langsam das Dinner zubereiten", schlug Stacey vor.

Das Brennholz war aber noch zu nass und der kleine Spiritusvorrat schon verbraucht. Ihr Essen bestand deshalb nur aus Erdnussbutter, Marmeladenbroten und Kartoffelchips. Kaum hatten sie vor dem Zelt alles zubereitet, da begann es wieder zu regnen, und sie mussten abermals unter der Plane Schutz suchen.

Glücklicherweise hatte der erste Urlaubstag alle ermüdet. Als es Zeit zum Schlafen war, gingen die Kinder, ohne zu murren, in die Schlafsäcke. Stacey lag noch lange wach und lauschte dem gleichmäßigen Prasseln des Regens.

„Wir haben noch viele solcher Nächte vor uns", hatte Ryan gesagt. Sollte das Wetter weiterhin so bleiben, dann bestand wohl keine Gefahr, dass jemand die Selbstkontrolle verlor. Es war bestimmt die beste Lösung, aber warum fand sie den Gedanken nur so enttäuschend?

Die ganze nächste Woche mussten Stacey, Ryan und die Kinder draußen in Regenmänteln herumlaufen, um trocken zu bleiben. Hin und wieder verzichteten sie zwar auf die Capes, doch das nur, weil sie so oder so nass wurden. Frierend und schlecht gelaunt schlurften sie über ihren Campingplatz und versuchten das miese Wetter zu ignorieren. Aber das war gar nicht so leicht.

Schon am zweiten Tag fanden sie „Monopoly" langweilig, am dritten hatte jeder etwas an Erdnussbutterbroten auszusetzen, und am vierten begannen sich die Kinder um ihr Spielzeug zu streiten, um Bücher und alles, was sich als Anlass bot.

Ryans Zelt wurde bereits in der ersten Regennacht wieder undicht. Die Löcher waren nicht sehr groß, aber sie konnten nicht geklebt werden, weil der Stoff zu nass war. Sie begnügten sich erst damit, die kleinen Pfützen am Eingang wegzuwischen. Schon in der zweiten

Nacht mussten sie ihre Bemühungen verdoppeln, und in der vierten griffen sie stündlich zum Lappen.

Am Morgen des fünften Tages setzte sich Stacey trotz des feinen Nieselregens draußen an den Klapptisch. „Heute wird es aufklaren", versicherte sie Ryan, der wieder mal damit beschäftigt war, sein Zelt von Wasserlachen zu befreien.

Der Blick, den er ihr zuwarf, verhieß nichts Gutes. „Ich kann einfach nicht verstehen, dass du dort gelassen und heiter sitzt, während das Wasser an dir herunterrinnt."

Sie beachtete seine schlechte Laune einfach nicht und fuhr sich mit den Fingern durchs Haar, das ihr in feuchten Locken auf die Schultern fiel. „Wenigstens ist es nicht kalt, das hätte mich empfindlich gestört. Das bisschen Wasser schadet niemandem."

Stacey versuchte einen Vorstoß. „Ich finde, wir sollten heute Nachmittag einen Ausflug machen: Auch wenn es noch regnet, wir müssten zwischendurch mal von unseren Zelten wegkommen."

„Aber ohne mich!" Ryan verschwand brummig in seinem Zelt, das einem Swimmingpool zu ähneln begann.

Die Zwillinge quartierten sich in dieser Nacht bei Stacey ein. Angeblich war das Zelt für vier Erwachsene konstruiert. Mit vier Kindern und einer Erwachsenen war es jedenfalls überlastet. Ryan schlief allein im Wohnwagen.

Am nächsten Morgen fuhren sie alle frühstücken. Es

dauerte eine Ewigkeit, aber viele Kilometer vom Campingplatz entfernt fanden sie in einem verschlafenen Örtchen ein offenes Café.

Stacey umfasste die Tasse mit dem heißen Kaffee und blickte Ryan an, der ihr am Tisch gegenübersaß. „Und nun? Was jetzt?“

„Nach der Wettervorhersage soll es besser werden. Hältst du es noch ein oder zwei Tage aus?“

Ryan hingen die Locken wirr ins Gesicht. Stacey musste sich beherrschen, um sie ihm nicht aus der Stirn zu streichen. „Natürlich, mir macht es nichts aus. Aber den Kindern wird es erst gut gehen, wenn der Regen aufgehört hat. Sie haben es satt, eingesperrt zu sein.“

„Ich auch. Wir verschwenden unsere Zeit damit, zu warten und so trocken wie möglich zu bleiben. Das ist doch kein richtiger Urlaub!“ Er lehnte sich in seinem Stuhl zurück und berührte dabei zufällig Staceys Knie.

Seit es regnete, hatte er sie nicht mehr berührt. Stacey wollte sich schon einreden, dass sie sich das Knistern zwischen ihnen nur einbildete. Aber dieser flüchtige Kontakt warf ihre Theorie wieder um.

Doch es gab da mehr als physische Anziehungskraft zwischen ihnen. In jener Nacht vor dem Lagerfeuer hatte sie geahnt, dass sie sich in ihn verlieben würde. Nun saß sie ihm erschöpft an einem kargen Tisch in diesem trostlosen Café gegenüber, aß Eier, die mit billigem Öl und ausgedörrtem Speck gebraten waren, und wusste, dass sie ihn liebte. Welchen Grund sonst gab es dafür, sich an diesem Ort wohlzufühlen?

„Stacey? Woran denkst du gerade?“

„An Sterne und ausgedörrten Schinken.“ Ryan sah sie verständnislos an.

„Mom!“, kreischte Christy am anderen Ende des Tisches.

Ryan beobachtete, wie Stacey ihr die Hälfte ihres Frühstücks auf den leergegessenen Teller schob. „Sie ruft dich immer noch Mom.“

Stacey seufzte. „Ja, ich versuche, sie dazu zu bringen, mich bei meinem Namen zu nennen, aber manchmal vergisst sie es. Stört es dich?“

Ryan lächelte.

„Ich finde, es steht dir gut.“

Sie hielten noch zwei Tage durch. Gelegentlich kam die Sonne heraus, manchmal sogar lange genug, um die tiefen Pfützen auszutrocknen, die sich überall auf dem Campingplatz gebildet hatten. Eine ganze Woche war inzwischen vergangen.

„Ich weiß nun wenigstens, wie Noah zumute war“, stöhnte Ryan.

Stacey versuchte ihn zu besänftigen. „Ich fühle mit dir. Du wolltest den Kindern ein richtiges Campingerlebnis verschaffen – und nun dieses Pech! Trotzdem finde ich deine Idee immer noch gut.“

„Aber?“

„Aber es funktioniert nicht.“ Stacey fuhr sich durch das Haar, das in wilden Strähnen trocknete. Ein Blick zum Himmel zeigte ihr, dass es eine überflüssige Mühe wäre, sich zu kämmen. In einer Stunde würden sie wieder nass sein.

„Wenn der Regen morgen nicht aufhört, unternehmen wir etwas“, versprach Ryan. „Habe ich dir schon gesagt, dass du ein ausgezeichneter Kumpel bist?“

Das Kompliment gefiel ihr. Es war nicht gerade das, was sie hören wollte, aber es war immerhin besser als gar nichts.

An diesem Abend saßen sie wie immer in Staceys Zelt, verstrichen ein Glas Erdnussbutter und aßen die letzte Dose Thunfisch leer. Dabei lauschten sie dem Regen. Ryan war spazieren gegangen, planschen, wie Caroline es nannte, die Kinder waren damit beschäftigt, sich selbst zu bemitleiden.

„Mein Schlafsack ist schon wieder nass“, beklagte sich David.

„Meiner ist gar nicht erst getrocknet“, jammert Jonathan.

Stacey tauschte mit ihm, obwohl ihr Schlafsack ebenfalls feucht war. Caroline breitete ihren auseinander und teilte ihn mit David. Stacey deckte sie mit der Decke zu, die am wenigsten durchnässt war.

Es dauerte eine Weile, bis jeder seine richtige Lage gefunden hatte und Ruhe eintrat. Nur das ewige Tröpfeln des Regens war nun noch zu hören ... und das Rauschen des Baches. Normalerweise wurde Stacey dadurch in den Schlaf gelullt, doch in dieser Nacht vernahm sie einige Misstöne, die sie beunruhigten. Vorsichtig tastete sie sich an den schlafenden Kindern vorbei, warf sich den Regenmantel über und ging hinaus.

Sie stand fröstelnd unter dem improvisierten Zeltdach, bis ihre Augen sich an die Dunkelheit gewöhnt hatten. Dann machte sie sich auf den Weg zum Ufer.

Am Bach bewegte sich plötzlich ein Schatten. Stacey sprang ein Stück zurück.

„Stacey, komm her."

„Ryan, hast du mich erschreckt! Was machst du hier?"

„Dasselbe wie du, ich mache mir Sorgen. Der Wasserspiegel steigt. Ich beobachte das schon den ganzen Tag, und mir gefällt das gar nicht."

„Meinst du nicht, sie würden uns Bescheid geben, wenn eine Gefahr bestünde?"

„Ich habe mit dem Aufseher gesprochen. Sie überwachen den Bach sorgfältig, und es besteht keine Gefahr … bis jetzt."

„Müssen wir einpacken?"

„Wir hätten das schon vor einigen Tagen tun sollen. Ich wollte den Kindern einen außerordentlichen Trip bieten, ich konnte deshalb die Idee leider nicht zur rechten Zeit aufgeben."

„Sie haben schon etwas davon gehabt, Ryan."

„Was denn?"

„Nässe!", platzte sie heraus.

Ryan lachte und zog sie in die Arme. „Du bist wirklich einmalig."

Sie liefen untergehakt zu den Zelten zurück. „Ich werde heute Nacht nicht im Wagen schlafen", entschied Ryan am Zelteingang. „Ich möchte nahe genug am Bach bleiben, um zu beobachten, was passiert."

„Ryan, dein Zelt ist durchnässt. Du wirst in einer riesigen Wasserlache schlafen, wenn du dich dort hinlegst."

„Ich weiß. Ich werde in deinem Zelt schlafen."

„Es gibt bei uns keinen Platz." Stacey wurde heiß bei dem Gedanken, dass er neben ihr übernachten wollte.

„Wir werden das schon hinkriegen. Öffne das Zelt, Stacey."

Es gab nur die Möglichkeit, ihn zwischen ihr und Jonathan einzuquartieren. Von dort aus konnte er aus dem Guckloch sehen und den Bach beobachten, ohne jemanden zu stören.

Ryan schob die schlafenden Kinder vorsichtig näher zusammen. „Kannst du den Schlafsack ausbreiten?"

Stacey zog den Reißverschluss nervös auf und schüttelte den Bezug ein wenig, während Ryan ihr zusah. Sie versuchte, die Situation humorvoll zu nehmen. „Es wird dir leidtun. Man sagt mir nach, dass ich nachts trete und mich hin und her werfe."

„Und wer weiß diese Einzelheiten?"

„Meine Schwestern natürlich."

„Natürlich."

Im Eiltempo streifte sich Stacey Schuhe und Regenmantel ab, dann den Pullover, bis sie im T-Shirt und mit der leicht durchnässten Jogginghose dastand. Sie legte sich hin, zog die Decke zitternd über die Nase und beobachtete Ryan.

Anders als Stacey begnügte er sich nicht damit, Regenmantel, Schuhe und Pullover auszuziehen. Das nasse T-Shirt und die Hose folgten ebenfalls. Stacey schloss schnell die Augen.

„Stacey", flüsterte er neben ihr. „Ich kann dein natürliches Schamgefühl verstehen, aber wenn du diese feuchte Hose nicht ausziehst, dann werde ich es für dich tun."

Er hatte recht, der klamme Stoff fühlte sich unangenehm an. Aber der Gedanke, fast nackt neben ihm zu liegen, war unerträglich. „Es ist alles in Ordnung, alles ist gleich trocken."

„Zieh sie aus, oder ich tue es."

Unter der Decke halbwegs verborgen, nestelte sie an der Jogginghose und zog sie aus. „Hier, bist du zufrieden?"

„Das ist eine witzige Frage. Komm her, und gib etwas von der Decke ab."

„Such dir eine eigene."

Ryan rückte näher und griff nach dem kratzigen Wollstoff. „Ist ja gut, hier, nimm!" Ryan wickelte sie beide ein und nahm Stacey in die Arme. Wenn seine Hände noch ein kleines Stück weitergerutscht wären, hätte sie sie ohne Bedenken weggeschlagen. Doch weil er eine gewisse Distanz einhielt, lag sie nur unbeweglich da und hoffte, bald wieder normal atmen zu können.

„Und, ist das nicht besser?", flüsterte er an ihrem Haar.

„Besser als was?"

„Beruhige dich, Stacey. Ich werde dir nichts tun. Lass mich dich einfach festhalten, nur dieses eine Mal.“

Stacey war sicher, dass er ihr Herzklopfen spürte und ihre verkrampfte Haltung. Aber ihm schien das nichts auszumachen, er schmiegte sich einfach an sie. „Meine süße Stacey“, flüsterte er.

## 6. KAPITEL

Als Stacey am nächsten Morgen erwachte, stellte sie fest, dass sie und Ryan eng aneinandergeschmiegt geschlafen hatten.

„Wer behauptet, dass du im Schlaf um dich trittst, der hat gelogen", flüsterte er ihr ins Ohr. „Du kuschelst dich an und seufzt, bist wie ein kleines Mädchen mit seinem Lieblingsteddybär. Es ist fabelhaft, mit dir zusammen zu schlafen."

Stacey fühlte sich nicht wie ein kleines Mädchen. Ryan so nahe neben sich zu spüren, seine Arme auf ihrer Brust, das weckte ihre Leidenschaft, und sie versuchte sich daran zu erinnern, warum sie sich nicht mit ihm einlassen wollte.

„Dreh dich um, und gib mir einen Gutenmorgenkuss, Liebling." Ryan zog sie zu sich herum und legte ein Bein über sie. Stacey konnte kaum atmen. Ihre Brüste berührten seinen nackten Oberkörper, und an ihren bloßen Beinen fühlte sie seine Haut, sie spürte seine Muskeln und bemerkte, dass er ebenso aufgeregt war wie sie.

„Weißt du, dass deine braunen Augen morgens grünlich schimmern?" Er küsste sie vorsichtig. Stacey fühlte, wie sein Herz pochte, ihr eigenes schlug mindestens genauso schnell.

„Ryan, es ist so schrecklich feucht hier", klagte jemand leise von der anderen Seite des Zeltes. „Ich möchte nie wieder campen."

Als hätten sie auf diese Chance gewartet, taten auch die anderen ihren Unmut kund. „Ich will zurück nach Florida, das hier macht doch keinen Spaß." Selbst Christy gab ihren Kommentar. „Kein Spaß."

Ryan rückte von Stacey ab und zog unter der Decke seine Jeans an. „Ihr habt recht. Aber wir können nicht nach Florida zurück, unser Haus hat noch kein Dach." Auf diese Auskunft folgte als Antwort ein vierstimmiges Stöhnen.

Während die Kinder Ryan mit Beschwerden überhäuften, zog sich Stacey in Windeseile an. Mit fahrigen Händen griff sie nach den feuchten Turnschuhen und sprach im Stillen ein Dankgebet, wie gut, dass sie vier kleine Aufpasser im Zelt hatten!

„Kinder, ich verspreche es euch: Wir werden keine weitere Nacht hier verbringen. Nicht neben diesem Bach, der immer mehr Wasser führt."

„Wo wollen wir hingehen, Ryan?", fragte Stacey neugierig.

„Ich habe in Highlands eine Freundin, die als Grundstücksmaklerin arbeitet. Sie kann uns sicher irgendwo in der Nähe eine Hütte vermieten. Wir werden es dort gemütlich haben und trocken bleiben, wenn es regnet. Und wir können eine sehr schöne Gegend erkunden, falls die Sonne doch mal scheint."

Sie packten ihre Ausrüstung zusammen. Alle freuten sich so über die Abreise, dass niemand die dicken Tropfen beachtete, die stetig auf sie herunterprasselten. Nur weg hier! Obwohl sie in der Stadt gewesen waren, um Wäsche zu waschen, besaß keiner von ihnen auch nur noch ein Kleidungsstück, das trocken und ohne Schlammspritzer gewesen wäre.

Ich war beinahe Miss Georgia?, fragte sich Stacey erstaunt, als sie zufällig einen Blick in den Rückspiegel des Wagens warf. Das Haar hing ihr seit einer Woche in nassen Strähnen auf die Schultern, ihr Teint war blass, und sie trug Jeans, die bestenfalls als schmutzig bezeichnet werden konnten.

Ryan war ebenfalls durchnässt, die Kleidung nicht mehr sauber, und in seinem Haar entdeckte sie Reste von Schlamm. Doch ob zerzaust oder nicht, er sah fantastisch aus.

Um möglichst schnell nach Highlands zu kommen, kauften sie unterwegs Wurst, Brötchen und Orangensaft und frühstückten im Wagen. Caroline setzte sich vorn zu Ryan. Stacey ging nach hinten zu den anderen dreien, um Christy bei dem improvisierten Mahl zu helfen.

Je weiter sie fuhren, desto zerklüfteter wurden die Berge, und die Straße wurde immer kurvenreicher. Bald bot sich ihnen eine einmalige Landschaft: Mächtige Wasserfälle ergossen sich von steilen Abhängen, und in den Wäldern wuchsen üppige Rhododendrongewächse, deren blassrosa Blüten sich wie Zuckerwatte zwischen den grünen, wächsernen Blättern ausmachten. Nichts in dieser ländlichen Szenerie war langweilig, alles wirkte wie eine Symphonie aus Farben und Formen.

Die winzige Stadt Highlands fand Stacey hübsch und gepflegt. Das war kein Wunder, denn die Haupterwerbsquelle der Einwohner war der Fremdenverkehr. Weiße Schindeldachhäuser, geschmückt mit roten Geranien und Petunien, zierten die schmale Hauptstraße. Auf dem Gehsteig flanierten Spaziergänger, plauderten mit Bekannten oder bewunderten die Auslagen der eleganten Geschäfte.

Ryan parkte vor einem roten Backsteingebäude. „Kommt alle mit, es wird eine Weile dauern."

Stacey sah auf ihre schmutzigen Jeans und winkte ab. Doch Ryan bestand darauf. „Ich möchte gern, dass du Myra-Lou kennenlernst. Sie wird dir gefallen, sie ist sehr nett."

Myra-Lou war in der Tat eine freundliche Person. Doch ihre Herzlichkeit beschränkte sich auf Männer. Ihre Erscheinung war tadellos. Sie hatte blondes Haar – es war sorgfältig gekämmt und umgab ein perfekt geschminktes Gesicht mit blauen Augen. Die Kleidung, die sie trug, schien geradewegs aus den Schaufenstern Highlands zu stammen. Alles war perfekt aufeinander abgestimmt und sehr chic.

„Oh, Ryan, wo hast du dieses charmante Kind nur aufgegabelt! Was für eine glänzende Idee, eine Studentin als Babysitter für den Sommer zu engagieren!" Sie schenkte Ryan einen koketten Augenaufschlag. „Aber ich wundere mich, dass ihre Mutter das erlaubt. Bei deinem schlechten Ruf!" Sie musterte Stacey ausgiebig. Die schluckte ihren Ärger hinunter.

Ryan legte den Arm um Myra-Lou und kniff ihr scherzhaft in den Arm. „Stacey ist eine gute Freundin, die einem Junggesellen mit vier Kindern freundlicherweise hilft."

„Wie nett von Ihnen, meine Liebe, Sie müssen ein mütterlicher Typ sein!"

Dass die Bezeichnung „mütterlicher Typ" verächtlich klingen konnte, hatte Stacey vorher nicht gewusst, doch aus Myra-Lous kirschrotem Mund hörte es sich so an. „Nennen Sie mich einfach Mom, Stacey", schlug sie in zuckersüßem Ton vor.

„Ryan, wenn du nichts dagegen hast, warte ich draußen auf dich. David und Jonathan möchten sich gern ein wenig umsehen."

Ryan folgte ihnen später, viel zu spät, fand Stacey. Er beugte sich an der offenen Eingangstür zu Myra-Lou vor und küsste sie zum Abschied.

Sie winkte Stacey zu. „Auf Wiedersehen, Stacey, es war nett, Sie kennenzulernen. Bestimmt gefällt Ihnen die Hütte. Es gibt dort auch heißes Wasser, viel Seife und eine Waschmaschine mit Trockner."

Erst nachdem sie schon sieben Kilometer aus der Stadt hinausgefahren waren, hatte Stacey sich wieder beruhigt. Waschmaschine und Trockner! Sie stellte sich vor, wie Myra-Lou wohl nach einer Woche verregnetem Campingurlaub mit vier Kindern ausgesehen hätte. Das gefärbte blonde Haar wäre sicher nicht mehr so schick frisiert gewesen.

Nach einigen weiteren Kilometern wandte Stacey

ihre Aufmerksamkeit wieder der wunderschönen Landschaft zu. Sie fuhren inzwischen auf einem Kiesweg, der mit hohen Bäumen gesäumt war. Hin und wieder tauchte dahinter eine Hütte auf. Manchmal konnten sie dort auch Granitfelsen erkennen. Ryan erklärte Stacey, dass dies der Whiteside Mountain wäre, einer der ältesten Berge Nordamerikas.

Er lenkte den Wagen auf eine steile Auffahrt, an dessen Ende eine Blockhütte zwischen Ahornbäumen und Pappeln auftauchte. „Alles aussteigen!"

„Ryan, ist das dein Ernst?"

Er wandte sich Stacey zu und betrachtete sie forschend. „Ist das dieselbe junge Frau, die eine Woche mit mir im Regen campiert hat, ohne sich auch nur einmal zu beschweren? Ist diese Blockhütte etwa ein Abstieg?"

„Nein, du verstehst mich falsch, es ist einfach wundervoll! Ich hätte nie gedacht, dass ich einmal an einem solchen Ort würde wohnen können. Es ist traumhaft."

Ryan strich ihr sachte über die Wange. „Ich bin sehr glücklich, dass du mich begleitest, Stacey."

Das Innere der Blockhütte ließ nichts vermissen. Stacey, Ryan und die Kinder gingen über die Veranda ins Wohnzimmer. Der Raum war mit glänzendem Parkett ausgelegt, die Feuerstelle so groß, dass sie mit ihr die Hütte heizen konnten. An einem Ende gab es eine Empore. Ein hohes Geländer schützte vor dem Hinunterfallen.

Sofort entstand unter den Kindern Streit, wer dort

oben schlafen dürfe. Ryan bestimmte, dass sie sich abwechseln würden, David und Jonathan sollten die Ersten sein.

Das Haus war solide und sehr geräumig. Es gab zwei Schlafräume und ein riesiges Badezimmer, das Stacey nach dem Leben auf dem Zeltplatz wie ein Traum aus einer anderen Welt erschien. Im hinteren Teil des Hauses, neben der modern ausgestatteten Küche, gab es einen großen Raum mit einer weiteren Feuerstelle und einem Panoramafenster, das einen atemberaubenden Blick auf den Whiteside Mountain freigab. Eine Sitzecke lud zum Verweilen ein.

„Hast du das entworfen, Ryan?"

„Nein, das Haus ist viel älter als ich. Aber ich habe Myra-Lou hin und wieder hier besucht, um Ratschläge für die Renovierung zu geben. Die Hütte ist seit vielen Jahren in ihrem Familienbesitz, aber sie benutzt sie nie. Sie steht zum Verkauf."

Stacey konnte sich nicht vorstellen, dass man diese Bleibe hergeben wollte. Sie selber hätte alles getan, um sie behalten zu können, wenn sie ihr gehört hätte. Aber sie verstand andererseits auch, dass das Haus auf Myra-Lou keinen solchen Eindruck machte. „Ich hoffe, dass derjenige, der es kauft, es auch lieben wird."

Sie holten ihre Sachen herein, breiteten die feuchten Zelte zum Trocken in der Sonne aus, wuschen und trockneten die schmutzige Wäsche und duschten ausgiebig. Stacey fühlte sich danach wie neu geboren.

Hatte der Wettergott eingesehen, dass sie vor ihm

sicher waren? Der Himmel blieb in den nächsten Wochen jedenfalls wolkenlos klar. Ryan wollte alle für den missratenen Campingtrip entschädigen und machte es sich zur Aufgabe, für Spaß zu sorgen. Sie erkundeten Bergpfade, besuchten Wasserfälle und vergnügten sich in deren Seen. Ryan ging mit den Kindern angeln und brachte den Fang nach Hause, wo Stacey ihn fachmännisch zubereitete.

Sie besuchten Highlands und das nahegelegene Cashiers, bummelten dort durch die Einkaufsstraßen.

Einmal fuhren sie zum Cowee Valley zu einer Mine, um dort nach Saphiren und Rubinen zu suchen. Stacey saß draußen auf einem offenen Feld im Sonnenschein und hatte das Gefühl, nie glücklicher gewesen zu sein.

Ryan stand mit den Kindern an einem Holztrog, aus dem Wasser herausschoss. Damit wuschen sie die Erde, die sie im Eimer gekauft hatten. Caroline nahm alles sehr ernst und hoffte, in ihrem Sieb einen hochkarätigen Rubin zu finden.

Es war aber Stacey, der das gelang. Es war nur ein einziger Stein, so winzig, dass er unter ihrem Fingernagel stecken blieb, als sie die Pfanne ausschwenkte. Aber das Fundstück hatte eine helle kirschrote Farbe, und alle fanden, dass es das Schönste war, was sie seit Langem gesehen hatten. Die alte Frau, die in der Mine arbeitete, lachte über ihre Aufregung. Sie beugte sich hinunter und kämmte beiläufig die kleinen Erdhäufchen zu Carolines Füßen durch. Sekunden später präsentierte sie dem staunenden Mädchen einen echten Saphirsplitter.

„Diese hier sind schwer zu finden", erklärte sie Caroline. „Aber er ist auf jeden Fall deiner, du hattest ihn ja unter dem Fuß."

In Franklin, der Stadt, die als Edelsteinzentrum bekannt ist, hielten sie vor einem der zahlreichen Juwelierläden und kauften für Caroline eine goldene Kette mit einem kleinen Glasbehälter, in den sie die gefundenen Steine hineintat. Sie trug ihren Schmuck so stolz, wie es nur kleine Mädchen tun können.

Ryan zog Stacey den ganzen Heimweg über auf, weil sie unbedingt zurückkehren und den Sand holen wollte, den sie nicht mehr ausgewaschen hatten.

„Du solltest es bereuen. Caroline und ich hätten bestimmt noch einen millionenschweren Rubin in diesem Schmutz gefunden."

Ryan war die ganze Woche gut gelaunt. Er spielte seine Rolle als Vater voller Überzeugung. Nach und nach begannen sich die Spannungen zu lösen. Die Kinder schienen ihn als neues Familienoberhaupt zu akzeptieren.

Staceys Verhältnis zu ihren Schützlingen wurde immer enger. Obgleich sie wusste, dass Distanz angebracht war, schaffte sie es nicht, diese einzuhalten. Wenn sie zu ihr kamen, um Rat oder Trost zu suchen, versuchte sie sie zu Ryan zu schicken. Doch häufig bestanden die Kinder darauf, dass sie ihnen half.

Stacey und Ryan hielten Abstand zueinander. Es gab keine leidenschaftlichen Umarmungen oder Küsse wie auf dem Campingplatz. Sie spielten zusammen, erledigten gemeinsam die häuslichen Pflichten und kümmerten sich um die Kinder. Doch darüber hinaus mied Ryan sie. Stacey fragte sich manchmal schon, ob sie sich die Zärtlichkeiten im Zelt nur eingebildet hatte.

Stattdessen umarmte Ryan offenbar fleißig Myra-Lou. Das stellte sich Stacey jedenfalls vor. Jeden Abend fuhr er nach Highlands, sowie die Kinder im Bett lagen. Immer nach Sonnenuntergang machte er sich auf den Weg. Für Notfälle hatte er die Telefonnummer von Myra-Lou hinterlassen.

Stacey verfolgte Ryans Ausflüge mit einem Argwohn, den sie vorher nicht an sich gekannt hatte. Ryan kam zwar jede Nacht zum Schlafen zurück, aber die kurzen Treffen mit der anderen reichten aus, Stacey eifersüchtig zu machen.

„Warum siehst du so niedergeschlagen aus, Stacey?", neckte Ryan sie, als sie morgens vor ihrem Kaffee saßen, während die Kinder draußen spielten.

„Ich hänge nur meinen Tagträumen nach."

Ryan wirkte keinesfalls niedergeschlagen. Das Oberhemd halb aufgeknöpft, saß er zufrieden lächelnd am Tisch. „Du siehst wie die Katze aus, die den Kanarienvogel verspeist hat", sagte sie vorwurfsvoll. „Du musst eine sehr erfreuliche Woche hinter dir haben."

„Und warum machst du ein Gesicht, als ob das etwas Schlechtes ist?" Er grinste sie spitzbübisch an. „Habe ich etwas getan, dessen ich mich schämen müsste?"

Stacey stand auf und räumte den Tisch ab. „Woher soll ich das wissen? Es ist nicht mein Problem, wenn du dich amüsieren möchtest. Tu es doch." Reiß dich zusammen, Stacey, ermahnte sie sich.

„Stacey, sag Onkel Ryan, was dir nicht gefällt." Er trat hinter sie und legte die Arme um ihre Hüften.

„Du bist nicht mein Onkel, Ryan!"

„Das stimmt." Ryan berührte mit der Nasenspitze sanft ihr Ohr. „Bist du nicht glücklich?"

„Über so etwas denke ich nicht nach."

„Warum schlägt dein Herz nur so schnell, Kleines? Erkläre mir das mal."

„Lass mich bitte los, Ryan. Ich bin nicht wie die anderen Frauen, die du kennst. Ich nehme Liebesdinge nicht auf die leichte Schulter!"

Ryan trat einen Schritt zurück, Stacey drehte sich zu ihm um und sah ihn an. Irgendwie schuldete sie ihm wohl eine Erklärung. „Es tut mir leid, ich habe schlechte Laune. Vielleicht ist das alles zu aufregend für mich."

„Vielleicht stört dich etwas. Was ist es?"

Stacey musste sich beherrschen. Am liebsten hätte sie sich ihm in die Arme geworfen. Wie er dort stand mit seinen dunklen Locken und der aufregenden Figur, war er eine Augenweide für sie. Aber Stacey hatte nicht den Mut, ihm das zu gestehen. „Jeder hat mal einen schlechten Tag, ich glaube, meiner ist heute. Es tut mir leid."

„Kopf hoch, Stacey, es wird schon wieder."

Stacey erwartete seinen Kuss, so etwas lag in der Luft. Aber er schien ihre Bemerkung ernst zu nehmen. Er berührte sie nicht. „Zieh deinen Badeanzug an, ich kümmere mich um die Kinder. Gestern habe ich einen Geheimtipp bekommen. Dort, wohin wir jetzt fahren, wird es dir gefallen.“

Mit dem Wagen hatten sie ihr Ziel bald erreicht. Stacey und die Kinder folgten Ryan einige Meter durch den Wald zu einem Sandufer am Chattooga River. Der Fluss war ungefähr zehn Meter breit und das Wasser nur hüfttief, also ideal zum Schwimmen. Außerdem floss es teils über eine glatte schräge Felsplatte, sie gab für die Kinder eine natürliche Rutsche ab.

Ryan zeigte ihnen, wie sie den Hang erklimmen konnten. Dazu befestigte er ein Seil an einem Baum. Er zog sich daran hoch und lief vorsichtig bis zur Mitte des glatten Felsens, setzte sich und stieß sich kräftig ab. Im Nu trieb ihn die Strömung hinab, und er landete im seichten Wasser, das dabei hoch aufspritzte. Die Kinder lachten und beobachteten dann gespannt Stacey. Die hatte Bedenken, als sie auf dem Felsen stand. Von oben sah alles viel steiler und gefährlicher aus, doch weil die Blicke der Kinder erwartungsvoll auf sie gerichtet waren, schlitterte sie los.

Staceys Rutsch gelang. Schneller, als sie dachte, fand sie sich im seichten Wasser wieder. Die beiden Jungen und Caroline begannen nun unter Ryans Anleitung, den Felsen zu erklimmen. Sie sahen dabei wie kleine Bergziegen aus. Stacey sah unten mit Christy zu. Einer nach dem anderen glitt ins Wasser. Sie blieben mehrere Stunden bei der Felsrutschbahn, schlitterten und picknickten zwischendurch am Ufer. Stacey war begeistert, sie fand, dieser Ort habe eine Art Zauberkraft. Er ließ den Gedanken aufkommen, dass jeder sich amüsieren solle, wann immer es möglich war.

„Hat sich deine schlechte Laune gelegt?", erkundigte sich Ryan, als sie sich den letzten Keks teilten. Die Kinder hatten noch immer nicht genug von dem neuen Spiel, während Christy, die einige Male auf Ryans Schoß mitgerutscht war, auf dem Badetuch ein Nickerchen hielt.

„Das kann man sagen. Danke, Ryan."

„Nichts zu danken. Immer wenn du aufgeheitert werden musst, werde ich dich zukünftig zu irgendeinem Wunder der Natur bringen." Stacey lächelte. Für sie war Ryan selbst ein solches Naturwunder.

Staceys gute Laune dauerte allerdings nur bis zum Abendessen an. Kaum lagen die Kinder im Bett, da war Ryan auch schon wieder aus der Tür. Stacey blickte ihm nach, als er Richtung Highlands davonfuhr, und wünschte ihm eine Reifenpanne. Dieser Abend zog sich unerträglich in die Länge. Stacey hatte bisher nie Schwierigkeiten gehabt, sich selbst zu beschäftigen, aber an diesem Abend wusste sie nicht, was sie mit sich anfangen sollte. Das Haus war mit allem Drum und Dran ausgestattet, man konnte sich also die Langeweile vertreiben, wenn man dazu aufgelegt war.

Stacey schaltete teilnahmslos den Fernseher im hinteren Raum ein und versuchte, ihre Aufmerksamkeit auf das erstbeste Programm zu richten. Es war ein rührseliges Familiendrama, das ihr gar nichts gab. Also stellte sie das Gerät wieder aus und lief zum Bücherregal. Ob Myra-Lou wenigstens den gleichen literarischen Geschmack hatte wie sie?

Sie hatte. Und zwar ging das so weit, dass es nichts in der Sammlung gab, was sie nicht bereits kannte – bis auf einen dicken Band mit historischen Novellen, dessen Titelbild verschiedene halbbekleidete Frauen zeigte.

Als sie das Machwerk ein wenig näher betrachtete, klingelte das Telefon. Seit sie in der Hütte wohnten, hatte Ryan zahlreiche geschäftliche Anrufe erhalten, aber niemals so spät abends. Wie sich herausstellte, war der Anrufer ein bekannter Anwalt aus Tallahassee. Stacey erfuhr nicht, worum es ging, der Anwalt betonte aber, Ryan möge sich sofort mit ihm in Verbindung setzen.

Unschlüssig blickte sie auf die Uhr. Ob sie Ryan und Myra-Lou stören sollte? Nein. Stattdessen hob sie das Buch auf, das heruntergefallen war, schlug es wieder zu und stellte es ins Regal zurück. Während der nächsten Stunde werkelte sie im Badezimmer herum, wusch sich das Haar, feilte sich die Fingernägel und scheuerte die bereits saubere Badewanne.

Stacey war im Nachthemd und mit Morgenmantel auf der Veranda im Stuhl eingeschlafen, als Ryan endlich nach Hause kam. „Stacey", flüsterte er ihr ins Ohr. „Niemand ist meinetwegen wach geblieben, seit ich als Sechzehnjähriger mit dem Auto meines Vaters zum ersten Rendezvous gefahren bin. Das ist sehr lieb von dir. Ich danke dir."

Stacey öffnete verschlafen die Augen. „Ich freue mich, dass du zu Hause bist.“ Dann schloss sie die Augen wieder.

„Komm, ich trage dich ins Bett.“ Ryan hob sie auf die Arme und trug sie durch die Tür.

Dabei wurde Stacey im Nu wach. „Lass mich runter, Ryan.“

Ryan ließ sie sofort los. Sie stand vor ihm, blinzelte verschlafen und fragte sich, warum sie eigentlich im Morgenmantel auf der Veranda stand.

„Nun?“

Plötzlich fiel ihr der Grund dafür wieder ein. Sie hatte auf Ryan gewartet! „Dein Rechtsanwalt hat angerufen“, erzählte sie ihm. „Er lässt bestellen, dass du sofort zurückrufen sollst, wenn du nach Hause kommst, wie spät es auch ist.“

Ryan fuhr sich durch die Locken. „Warum hast du mich nicht bei Myra-Lou angerufen?“

„Ich wollte euch nicht stören.“

„Das hätte nichts ausgemacht. Die Pläne sind nicht so wichtig wie die Neuigkeiten meines Rechtsanwalts.“

„Pläne?“

„Ja, Pläne. Was, denkst du, mache ich jeden Abend bei ihr? Ich habe mit ihr an einigen Entwürfen für Eigentumswohnungen in Saphire Valley gearbeitet. Ich will sie daran hindern, die Landschaft zu zerstören, wenn sie dort baut.“

„Nun, das ist wirklich nicht das, was ich mir unter einem ‚Liebesdienst‘ vorgestellt habe.“ Stacey war peinlich berührt. Wie hatte sie Ryan nur so missverstehen können.

Er lachte laut und drückte sie an sich. „Also, du bist …“

„Einzigartig. Ich weiß. Jetzt ruf bitte deinen Anwalt an.“

# 7. KAPITEL

Ryan hörte von seinem Anwalt nichts Gutes. Das konnte Stacey von der Küche aus an Ryans Tonfall erkennen, während sie Kaffee zubereitete. Als der Hörer mit Nachdruck auf die Gabel gelegt wurde, blickte sie vorsichtig ins Wohnzimmer. „Ist es gefährlich hereinzukommen?"

Ryan antwortete nicht.

Stacey setzte sich neben ihn. „Was ist nur passiert?"

Er sah erschrocken zur Empore hoch und schob Stacey aus dem Zimmer. „Oje, hoffentlich hat Caroline nichts mitbekommen."

Stacey stieg kurz hinauf, um nach dem Mädchen zu sehen. Dann folgte sie Ryan auf die Veranda. „Sie schläft fest. Willst du mir erzählen, was los ist, oder soll ich dich allein lassen?"

Ryan schlug geistesabwesend mit der Faust gegen das Geländer. „Toms Schwester Katherine klagt das Sorgerecht für die Kinder ein. Mein Rechtsanwalt ist der Meinung, dass sie Erfolg haben wird."

„Aber warum, Ryan? Es geht ihnen bei dir so gut."

Ryan seufzte. „Diese Frau ist skrupellos, für sie ist nur eines von Interesse." Er lehnte sich gegen die Brüstung und verschränkte die Arme. „Tom und Janelle waren wohlhabend, und sie haben den Kindern mehr Geld hinterlassen, als manche in ihrem ganzen Leben zu Gesicht bekommen. An das Geld kommt man eigentlich nicht heran, aber ich bin sicher, dass sie einen Weg findet."

„Warum geht dein Rechtsanwalt davon aus, dass sie die Vormundschaft bekommen wird?"

„Sie ist ein ‚ehrenwertes' Mitglied der Gesellschaft. Seit Jahren zwar mit einem Versager verheiratet, der bei ihr nichts zu sagen hat, ist sie trotzdem für die Behörden eine geeignete Kandidatin für das Sorgerecht. Ich nicht."

„Aber Ryan, du gehst fantastisch mit den Kindern um."

„Sicher, nur musst du das einem Richter glaubhaft machen. Du weißt, dass ich alles für die Kinder tun würde, aber hast du eine Ahnung, wie ich bisher gelebt habe? Vor diesem Unglück habe ich es nirgends länger als sechs Wochen an einer Stelle ausgehalten. Ich bin ruhelos durch das Land gezogen, von einem Ort zum nächsten, habe viel gefeiert und mir dabei einen beachtlichen Ruf als Casanova geholt. Plötzlich will ich mich niederlassen und den Kindern ein nettes Heim bieten. Wer wird mir das abnehmen?"

„Aber du hast Freunde, die bestätigen können, wie gut du für sie sorgst. Margie und Ron, ich …"

„Stacey, ist dir klar, was ein Außenstehender über unseren Urlaub denken wird?" Ryan setzte sich neben sie auf die Bank und legte den Arm um ihre Schultern.

„Es muss doch eine Möglichkeit geben, Ryan. Hat dein Rechtsanwalt keine Idee?"

Ryan lachte bitter auf. „Ja, er hat mir geraten, so schnell wie möglich zu heiraten."

Kaum hatte Ryan den Satz ausgesprochen, da entstand ein bedrückendes Schweigen. Schließlich umfasste er Staceys Kinn und zwang sie, ihn anzusehen. „Ich weiß, was du gerade denkst. Aber du weißt, dass ich das niemals zulassen würde."

Stacey atmete tief durch. „Nur, kennst du geeignete Frauen, Ryan?"

Wieder blieb es still.

„Ich kenne zwei, die mich sofort heiraten würden. Die eine ist dreimal geschieden, die andere bekommt Atembeschwerden, wenn Kinder in ihrer Nähe sind."

„Und was ist mit Myra-Lou?"

„Sie ist diejenige mit der Allergie."

„Ryan, dann gibt es drei Frauen, die dich sofort heiraten würden." Stacey zögerte. „Und ich bin offensichtlich die beste Wahl in dieser Angelegenheit." Da hatte sie ihm tatsächlich einen Heiratsantrag gemacht! Ihre Verwegenheit machte sie verlegen, und sie verbarg das Gesicht an seiner Brust.

Ryan hob ihren Kopf und gab ihr einen liebevollen Kuss. „Natürlich kann ich darauf nicht eingehen. Ich möchte dir nicht die Zukunft ruinieren."

„Aber ich liebe die Kinder auch!" Und dich, dachte sie, aber du bist zu blind, es zu erkennen. „Ich könnte es nicht ertragen, wenn man sie von dir trennt und zu jemandem schickt, der sie gar nicht mag." Und ich kann den Gedanken nicht ertragen, dass du eine andere heiratest, fügte sie im Geiste hinzu.

Ryan stand auf und lehnte sich wieder gegen das Geländer. Er sah sie lange ernst an. „Stacey, hat dir niemand gesagt, dass du nicht alle Welt retten musst?"

„Ist die Vorstellung, mit mir verheiratet zu sein, so schrecklich, Ryan?"

„Stacey, ich möchte dir das nicht zumuten. Du bist jung, schön und geeignet für eine richtige Ehe, einen Mann, den du liebst, und eigene Kinder."

Stacey stand auf, die Tränen liefen ihr die Wangen hinunter. „Ryan, ich kann keine eigenen Kinder haben. Wenn ich Mutter werde, dann nur durch fremde Kinder."

Ryan nahm Stacey in die Arme und zog sie an sich. Er wischte ihr die Tränen von den Wangen und zog sie sich auf den Schoß. „Erzähl mir davon, Stacey."

„Willst du wirklich die Einzelheiten wissen?"

„Fang an, Stacey."

Sie wollte schon, aber wie beginnen? „Es geschah in dem Jahr, als die Miss-Wahl anstand, ich hatte gerade die Highschool beendet und jobbte in der Bank bei uns. Abends bin ich zu meinen Eltern gefahren, um ihnen zu helfen." Stacey machte eine Pause und seufzte. Ryan gab ihr zarte Küsse auf das Haar.

„Erzähl weiter."

„Mein Vater wollte eine Hühnerzucht in dem Farmbetrieb eingliedern, und er baute dafür Stallungen. Es war viel mehr Arbeit, als es sich überhaupt jemand vorstellen kann. Die ganze Familie musste mit anpacken, noch mehr, als es vorher schon der Fall gewesen war. Gleichzeitig war ich mit den Vorbereitungen zur Miss-Wahl beschäftigt."

„Und …“

„Ich war völlig erschöpft. Ich arbeitete den ganzen Tag in der Bank, um Geld für das College zu sparen, half abends zu Hause und versuchte dabei noch, mich auf diese Tests zur Wahl vorzubereiten. Ich hatte nie eine Pause. Dabei verlor ich an Gewicht, was meinen Trainern aber sehr gut gefiel. Ich bekam die Figur eines Mannequins.“

Ryan kniff ihr zart in die wohlgerundete Hüfte. „Das kann ich mir kaum vorstellen.“

„Als die Wahl näher rückte, war ich körperlich ein Wrack, erschöpft, krank und überempfindlich. Ich habe jedoch alle Anzeichen ignoriert und so weitergemacht wie bisher. Zuvor war ich nie krank gewesen, ich habe die Symptome deshalb noch nicht einmal richtig deuten können. Den Wettbewerb überstand ich wie in Trance … und als alles vorbei war, brach ich zusammen.“

„Arme Stacey.“

„Sie brachten mich sofort in ein Krankenhaus. Ich hatte hohes Fieber, am nächsten Morgen stand fest, dass ich operiert werden musste.“ Stacey verstummte.

„Und?“

„Nach dem Eingriff gab man mir wenig Chancen, jemals ein Kind empfangen zu können. Wäre ich bei den ersten Beschwerden sofort zum Arzt gegangen, hätte ich leicht geheilt werden können. So habe ich mir nun selbst die Möglichkeit verbaut, Mutter zu werden, obwohl ich Kinder so gernhabe. Ich bin lange Zeit nicht damit fertig geworden.“

„Das tut mir sehr leid, Stacey.“

„Und es ist meine eigene Schuld, das ist das Schlimmste.“

„Du hast gesagt, dass du wenig Chancen hast. Es gibt aber die Aussicht, dass es doch geht?“

„Eine geringe. Man hat heute erstaunliche Möglichkeiten, aber es gibt ja überhaupt keinen Grund für mich, das weiter zu verfolgen.“

Ryan strich ihr durch das Haar und schob ihren Kopf zurück, um sie ansehen zu können. „Was meinst du damit, dass es keinen Grund gibt, das weiter zu verfolgen?“

„Ich habe eigentlich beschlossen, wegen dieser Schwierigkeiten nie zu heiraten.“

„Aber Stacey, wir leben nicht im finsteren Mittelalter. Frauen werden nicht mehr verjagt, weil sie keine Söhne gebären können. Wer mit dir verheiratet ist, muss der glücklichste Mann der Welt sein, ob mit oder ohne Kinder.“ Ryan lächelte plötzlich. „Und mich willst du nehmen, weil ich das Haus schon voller Kinder habe und es mir nichts ausmacht, wenn du keine weiteren bekommen kannst?“

Stacey senkte den Kopf. „Ich verstehe es aber auch, wenn du mich nicht willst. Du bist jung genug, auch noch eigene Kinder haben zu wollen.“

Ryan packte sie fest bei den Schultern. „Jetzt sei nicht dumm! Du hast damals einen Fehler gemacht, gut. Aber das ist menschlich. Vielleicht wirst du irgendwann doch noch ein Baby bekommen, vielleicht auch nicht, aber das ist für mich nicht wichtig. Du bist die beste Mutter, die ich mir vorstellen kann, und diese Kinder da drinnen brauchen, was du ihnen bieten kannst."

„Was meinst du damit?"

„Wenn du verrückt genug bist, an meiner Seite leben zu wollen, dann bin ich nicht so unbedarft, es abzulehnen." Er küsste sie sanft auf den Mund. „Ich akzeptiere dein Angebot, Stacey, ich möchte dich gern heiraten."

An Staceys und Ryans Hochzeitstag herrschte klares, sonniges Wetter, und alle Verwandten, die zur Feier erschienen, werteten dies als gutes Zeichen für das junge Paar.

Stacey hoffte, dass sie recht hatten. Sie stand da in ihrem kleinen Schlafzimmer zu Hause im Farmhaus in Georgia und probierte das Hochzeitskleid an.

„Heb diese Ecke ein bisschen an, Caroline." Margie gab dem kleinen Mädchen Anweisungen, wie sie die Stecknadeln in dem Saum des weißen spitzenbesetzten Traumes anbringen sollte. „Das ist besser, Stacey, steh still. Sonst werde ich nie fertig."

„Ich könnte auch das Sommerkleid zur Hochzeit anziehen, das ich extra dafür gekauft habe."

„Hat dir niemand gesagt, dass deine Hochzeit nicht deine Angelegenheit ist? Es ist Sitte, dass alles immer genau so wird, wie du es nicht möchtest, das gehört dazu."

Nach ihrem Gespräch in der Hütte hatten Stacey

und Ryan den Kindern von den Heiratsplänen berichtet. „Das ist nett. Was gibt es zum Frühstück?“, war die einmütige Reaktion derer gewesen, die Stacey sowieso schon als Mitglied der Familie betrachteten.

Dass man bei Staceys Eltern vorbeifahren wollte, um sie alle und Ryan dort vorzustellen, war mit mehr Enthusiasmus aufgenommen worden. „Du meinst, wir werden alle deine Brüder und Schwestern treffen?“

Der Besuch zu Hause war nicht so verlaufen wie geplant. Staceys Plan, nach Tallahassee zu fahren und sich dort in aller Stille von einem Friedensrichter trauen zu lassen, hatte Empörung hervorgerufen. Diese Szene würde Stacey so schnell nicht vergessen.

Ryan hatte sie in ihrem Vorhaben nicht gerade unterstützt. „Ich habe ihr gesagt, dass sie lieber hier im Kreise ihrer Familie heiraten soll, aber sie wollte es nicht.“ Mit Unschuldsmiene trug er das vor.

Trotz Staceys Protest hatten ihre Eltern sofort mit den Festvorbereitungen begonnen. Stacey bestand dann nur noch darauf, dass die ganze Angelegenheit so schnell wie möglich über die Bühne gehen sollte. Man einigte sich auf eine Woche als Frist.

„Ich möchte nicht undankbar erscheinen, Margie. Ich mag dieses Kleid, und ich heirate gern in deiner Hochzeitsrobe.“

Margie trat einen Schritt zurück und musterte ihre Cousine. „Du siehst so hübsch aus! Jetzt zieh dich wieder um, ich werde es fertig nähen.“

„Dein Kleid, Großmutters Schleier, Mutters Rosen. Was mache ich überhaupt hier?“

Margie gab ihr einen aufmunternden Klaps und blickte zu Caroline. „Caroline, geh zu Großmutter MacDonald, und frage, ob sie deine Hilfe braucht.“ Sie wartete, bis das Mädchen draußen war, und schloss die Tür hinter ihr. „Jetzt erzähl mir, was eigentlich vorgeht. Du verhältst dich, als wenn dies hier eine Beerdigung wird und nicht eine schöne Hochzeit. Was ist los?“

Stacey zog das Kleid aus und warf es Margie zu. „Ich begreife noch immer nicht ganz, was ich hier tue. Erst spiele ich den Babysitter für vier Waisen in Highlands, und auf einmal heirate ich. Ich kenne Ryan eigentlich gar nicht richtig.“

„Nun, was weißt du noch nicht von ihm?“ Margie schob Stacey zu einem Stuhl und drückte ihr eine Zeitung in die Hand, damit sie sich damit frische Luft zufächern konnte.

„Ich kenne seine Familie nicht, Margie, ich habe diese Menschen heute das erste Mal gesehen! Und ich heirate ihn.“

Margie biss das Ende eines langen Fadens ab. „Weiter.“

„Ich weiß nicht, wo er zur Schule ging. Wie war er als Kind? War er Pfadfinder? Wie alt war er, als er das erste Mädchen küsste? Ich kann ihn doch nicht heiraten, ohne die geringste Ahnung von ihm zu haben!“

„Du hast noch Zeit genug vor dir, um diese Details zu erfahren, meine Liebe.“ Margie lächelte. „Ich weiß auch nicht, ob Ron bei den Pfadfindern war. Ich muss ihn mal fragen."

„Ich halte das nicht aus!"

„Hast du Lampenfieber? Das hier sieht ganz so aus. Soll ich Ryan sagen, dass du ihn nicht heiraten kannst, weil du seine Schulzeugnisse noch nicht gesehen hast?"

„Wenn ich darüber zu lachen anfange, werde ich hysterisch, Margie. Ich brauche jetzt keinen Spott, sondern Verständnis."

„Verzeihung, Stacey. Da heiratest du den attraktivsten Mann, den ich kenne, wirst Mutter von vier reizenden Kindern und obendrein eine wohlhabende Frau, und ich habe kein Mitgefühl für dich. Ich bitte vielmals um Entschuldigung."

„Wohlhabende Frau?"

„Ryan ist reich, meine Liebe. Du willst mir doch nicht erzählen, dass du das nicht weißt?"

„Siehst du? Ich weiß so gut wie überhaupt nichts. Nur, dass er selbst bei Regen in seinem fünfundzwanzig Jahre alten Zelt schläft, aus purem Trotz. Aber du hast recht, ich muss verrückt sein. Wieso bin ich nur so niedergeschlagen? Weißt du …"

„Na, was denn?"

„Ich wüsste gern, wie sich Ryan jetzt fühlt."

Stacey und Ryan hatten seit ihrer Ankunft auf der Farm fast keinen Moment für sich allein gehabt. Sie sahen sich beinahe nur in Gegenwart der anderen. Selbst die Spaziergänge waren beaufsichtigt worden. Wenn Stacey abends ins Bett ging, durfte Ryan ihr zwar einen

Gutenachtkuss geben, aber nur in Anwesenheit der beiden Mädchen, die im gleichen Zimmer wie Stacey schliefen.

Stacey war erstaunt, wie gut Ryan zu ihrer Familie passte. Wenn er auf der Veranda saß und mit ihrem Vater über die neuesten politischen Ereignisse diskutierte, sah er wie einer der Freunde der Familie aus, die sonst dort zu sitzen pflegten.

Staceys Mutter hatte ihn anfangs mit Argwohn betrachtet und war nun von ihm begeistert. Sie fütterte ihn mit Pfirsichkuchen, weil er den so gern mochte. Staceys Brüder gingen mit ihm fischen, ihre Schwestern flirteten heftig. Ryan war sozusagen der Hit für alle.

Ein Klopfen an der Tür riss Stacey aus ihren Gedanken. „Stacey, es sind schon alle da“, ertönte die Stimme ihres Vaters von draußen. „Die Musik setzt in wenigen Minuten ein. Dir bleibt genau eine halbe Stunde Zeit, um dich anzuziehen.“

Margie schloss die Tür wieder auf. „Deine Schwestern helfen dir. Das Kleid ist fertig. Also, Kopf hoch, Mädchen. Jetzt ist es für Bedenken zu spät.“

Als Stacey bereit war, führte ihr Vater sie am Arm den blumenbestreuten Weg zu den Rosensträuchern hin, die der ganze Stolz ihrer Mutter waren. Christy stolperte voraus und warf feierlich Rosenblätter in die Luft. Dann folgten Caroline und Heidi, Margies älteste Tochter. Staceys vier Schwestern und Margie schlossen die Reihe. Alle hatten ihre schönsten Kleider angezogen.

Ryan stand schon beim Pfarrer. Tom Sawyer im dunklen Anzug, ging es Stacey durch den Kopf. Das kann er doch nicht sein! Er sah zu ihr hinüber und setzte sein typisches jungenhaftes Lächeln auf, um ihr so zu versichern, dass er tatsächlich dieser Mann in der eleganten Kleidung war. Als sie neben ihm standen, legte Staceys Vater ihre Hand in Ryans, so begann die Zeremonie.

Der Pfarrer wandte sich an Ryan: „Willst du mit Anastasia Elisabeth den Bund der Ehe eingehen?“ Ryan schwieg. Dann sah er Stacey an und lächelte. „Anastasia Elisabeth? Ja, ich will.“

Ryan schob ihr einen soliden Goldring auf den Finger. Es hatte sie überrascht, dass er darauf bestand, aber es freute sie. Als Ryan die Erlaubnis bekam, seine Ehefrau zu küssen, tat er das mit Hingabe, die Verwandten und Freunde applaudierten herzlich, und schon war die Hochzeit vorüber.

Danach gab es Küsse und Händeschütteln und auch einige Tränen. Die Kinder rannten in ihren feinen Sachen durch die Rosenbeete, und die Erwachsenen gingen zum Haus, um dort mit dem üppigen Festschmaus zu beginnen.

Jeder hatte für die Feier eine Spezialität mitgebracht, und es gab reichlich Champagner zu trinken.

Ein Cousin von Stacey war Mitglied in einer Country Rock Band. Er und die anderen Gruppenmitglieder begannen auf dem Rasen ihre Verstärker aufzustellen. Die älteren Gäste machten sich zunächst über die Musik lustig, tanzten aber wenig später begeistert danach.

Stacey wurde von einem Tanzpartner zum nächsten weitergereicht, bis sie sich schließlich zurückzog, um das Hochzeitskleid gegen ein bequemes, trägerloses Sommerkleid auszutauschen. Ryan hatte Jackett und Krawatte abgelegt und die Hemdsärmel hochgekrempelt. Als Stacey zurückkam, forderte er sie sofort zum Tanz auf.

Die Band begann mit einem romantischen Stück, und Ryan zog sie an sich. „Hallo. Nach einer Woche darf ich dir auch mal wieder so nahe sein."

„Meine Familie scheint dich zu akzeptieren. Sonst dürftest du wohl erst nach einem Jahr Ehe so mit mir tanzen."

Ryan lachte. „Deine Familie ist sehr liebenswürdig. Nachdem mich dein Vater am ersten Abend ordentlich ins Verhör genommen hat, waren sie alle sehr freundlich zu mir."

„Du machst Spaß, das ist nicht wahr." Sie überlegte kurz und seufzte. „Doch, es muss wahr sein."

„Ganz sicher. Ich musste in allen Farben schildern, was wir beide zusammen unternommen haben."

„Nein! Hast du ihm alles erzählt?"

Ryan lachte. „Denkst du, ich bin verrückt? Aber ich habe ihm von deiner Keuschheit und meinem ritterlichen Benehmen Bericht erstattet."

„Was hat er gesagt?"

„Wer mit einer seiner schönen Töchter zwei Wochen

Urlaub machen kann und trotzdem Kavalier bleibt, der muss ein Beispiel an Selbstbeherrschung sein. Deshalb hieß er mich im Kreise seiner Familie willkommen."

„Das ist typisch mein Vater."

Ryans Vater forderte sie zum nächsten Tanz auf. Stacey hatte es überrascht, dass die Schwiegereltern alles hatten stehen und liegen lassen, um an der Hochzeit teilzunehmen. Aber sie war glücklich, dass Ryan sie dabeihaben wollte. Obwohl sie bisher nicht viel Zeit mit ihnen verbracht hatte, wusste sie, dass sie sich gut mit ihnen verstehen würde.

Stacey war bisher nicht dazu gekommen, in Ruhe etwas zu essen. Als sie schließlich gemeinsam mit Ryan die Hochzeitstorte anschnitt, musste sie sich beherrschen, um nicht den Zuckerguss von seinen Fingern zu lecken.

„Warum glänzen deine Augen so, Stacey?"

„Ich bin kurz vor dem Verhungern, und du siehst zum Anbeißen aus."

Ryan lächelte. „Dazu haben wir später viel Zeit. Aber wenn du so lange etwas anderes essen möchtest, kann ich aushelfen."

Stacey setzte sich auf eine Decke unter eine mächtige Eiche und dachte über Ryans Worte nach. Der war zum Büfett unterwegs, um ihr einen Teller mit dem Hochzeitsmahl zu holen. Zum ersten Mal an diesem Tag war sie allein, und nun dachte sie über etwas nach, das ihr seit Ryans Heiratsantrag durch den Kopf ging. Niemals war darüber gesprochen worden, was Ryan von ihr erwartete. Sollte dies eigentlich eine richtige Ehe werden, oder war es nur ein vertragliches Bündnis zwischen zwei Partnern?

Was ihre Hochzeitsnacht betraf, da hatten sie nur besprochen, wo sie sie verbringen wollten. Damit die Kinder sich nicht allein fühlten, wollten Ryan und Stacey über Nacht im Haus von Staceys Eltern bleiben. Am nächsten Morgen sollte es gemeinsam mit den vieren nach Florida gehen. Von richtigen Flitterwochen war nie die Rede gewesen, das war ja auch eine unvorstellbare Geschichte für ein Paar mit vier Kindern.

Staceys Eltern hatten Caroline, Christy und Staceys Schwestern im Wintergarten einquartiert, der sich am äußersten Ende des Hauses befand. So blieb Stacey und ihrem frischgebackenen Ehemann so etwas wie Privatsphäre. Der Raum, den sie mit Ryan teilen sollte, war neunzehn Jahre lang ihr Schlafzimmer gewesen. Dass sie beide dort nun die Nacht zusammen verbringen würden, jagte ihr kalte Schauer über den Rücken.

Ryan kam zurück und händigte ihr einen mit lauter Köstlichkeiten gefüllten Teller aus. „Hier, bitte. Iss schnell. Ich habe soeben beobachtet, dass sich einige Gäste mit Reis bewaffnet haben. Wenn wir uns nicht verstecken, werden sie uns finden und damit bewerfen."

# 8. KAPITEL

Später stand Stacey mit Reiskörnern übersät am Eingang und winkte den davonfahrenden Verwandten und Freunden nach.

Ryans Eltern wollten die Nacht bei einem Onkel von Stacey verbringen, bevor sie am nächsten Tag in den Süden Floridas, wo sie lebten, zurückfuhren.

Stacey verabschiedete sich mit einem Kuss von ihnen und versprach, sie mit Ryan und den Kindern zu besuchen, sobald sie sich in ihrem neuen Haus niedergelassen hätten.

Nun waren sie allein … Allein? Neun unverheiratete Mac-Donald-Kinder, Caroline, Christy, David, Jonathan und Staceys Eltern blieben. Es war nicht zu ändern, den ganzen Abend gab es keine Chance, sich unter vier Augen zu sprechen.

Staceys Brüder, vor allem die fünfzehnjährigen Zwillinge James und Randy, machten zum Thema Heiraten hintergründige Andeutungen, Stacey versuchte, diese Zweideutigkeiten mit Humor zu nehmen oder sie zu ignorieren. Doch die Spannung wuchs im Laufe des Abends. Als es so weit war, dass sie sich schlafen legen konnte, war sie ein Nervenbündel.

Sie saß allein im Schlafzimmer auf einem Stuhl und blickte auf den Hof hinaus. Das Mondlicht erhellte den wunderschönen Rosengarten ihrer Mutter und die geraden Reihen von Sträuchern, Bohnenstangen und Beeten im Gemüsegarten ihres Vaters. Dies war ihr Zuhause, doch die Tatsache konnte sie nicht trösten. Sie war nun nicht mehr Stacey MacDonald. Jetzt war sie verheiratet, und dieser Ort würde nie wieder ihr Zuhause sein.

Sie stand auf, um sich zu duschen. Als sie ins Schlafzimmer zurückkam, holte sie das Hochzeitsgeschenk von Margie, ein weißes seidenes Nachthemd, hervor. Der zarte Stoff schmiegte sich eng an ihren Körper. Das Hemd war knielang und hauchdünn. Ein spitzenbesetztes Oberteil betonte ihre Brüste, an einer Seite gab es einen langen Schlitz, der ihr schlankes Bein in ganzer Länge zeigte. „Hilfe!" Stacey blickte erschrocken in den Spiegel.

„Das würde ich nicht sagen." Sie drehte sich um und bemerkte Ryan, er stand an der Tür. „Ich würde sagen, es ist sehr schön."

Stacey musste sich zusammenreißen, am liebsten hätte sie sich schnell einen Morgenmantel übergeworfen. Verlegen griff sie nach ihrer Haarbürste, drehte sich wieder zum Spiegel und begann, die Frisur zu lösen.

Ryan stellte sich hinter sie. „Lass mich das machen, ja? Dein Haar ist so schön, es fühlt sich wie Seide an." Als die letzte Nadel gelöst war, fielen Stacey die Locken lose auf die Schultern. Ryan nahm die Bürste und begann, sie sanft zu kämmen.

„So." Er drehte sie zu sich um. „Nun, Anastasia Elisabeth, wie fühlst du dich an deinem Hochzeitstag?"

„Du hast bis jetzt nicht einmal meinen richtigen Namen gewusst."

Das war genau das, was zwischen ihnen nicht stimmte. Wenn man die Minuten zusammenzählte, die ernsten Gesprächen gewidmet gewesen waren, würde sicher nicht mehr Zeit herauskommen, als ein Getränkewerbespot im Fernsehen dauerte. Sie und Ryan waren im Grunde noch Fremde.

„Das macht doch nichts, Anastasia Elisabeth. Ich habe vor, alle wichtigen Dinge über dich nach und nach herauszufinden, und zwar ab heute Nacht."

Stacey war sich nicht sicher, ob sie ihn richtig verstanden hatte. „Was für Dinge, Ryan?"

Ryan rückte näher. „Wie deine Haut sich anfühlt, wie deine Augen aussehen, wenn du voller Leidenschaft bist, und wie, wenn wir glücklich sind."

Stacey machte seine Antwort so nervös, dass sie sich kaum bewegen konnte. Angst hatte sie nicht, aber sie war voller Erwartung.

Staceys Schwestern hatten in der Ecke neben dem Fenster zwei Einzelbetten zusammengerückt. Ryan führte Stacey an der Hand dorthin und setzte sich. Er knöpfte sein Hemd auf und ließ sie dabei nicht los. „Weißt du, dass ich dich gleich begehrte, als ich dich bei Margie im Wohnzimmer traf? Kannst du dir vorstellen, wie schwer es mir gefallen ist, dich nicht zu berühren?"

Dass Männer sie begehrten, war für Stacey nichts Ungewöhnliches. Schon früh hatte sie die Erfahrung gemacht, dass sie mit ihrer wohlproportionierten Figur und dem hübschen Gesicht auf viele eine große Anziehungskraft ausübte. Doch dass Ryan sie wollte, war ein erregender Gedanke. Sie stand vor ihm und bekam vor Aufregung kein Wort mehr über die Lippen.

Ryan zog sein Hemd aus und Stacey näher zu sich heran. Sie spürte seinen warmen Atem an ihren Brüsten, er streichelte und küsste sie zart. Staceys Kinn lag auf seinen dunklen Locken, sie strich ihm behutsam über den Rücken. Durch den hauchdünnen Stoff des Nachthemdes zeichneten sich die Brustspitzen ab. Sie wusste nicht, wie lange sie so vor ihm gestanden und seine Zärtlichkeiten genossen hatte, aber als Ryan sie auf seinen Schoß zog, sehnte sie sich nach seiner Umarmung.

Ryan löste die Träger ihres Oberteils. Als das seidige Material auf ihre Hüften glitt, strich er ihr sanft durch das Haar und küsste sie, reizte sie mit der Zunge, bis sich ihre Lippen für ihn öffneten.

Er zog sie fest an sich und streichelte ihren Rücken. Ihre Brüste waren fest an seinen Oberkörper gepresst, und sie genoss das. „Du bist die schönste, die weiblichste Frau, die ich jemals kennengelernt habe“, flüsterte er dabei.

Ryan war geduldig und behutsam. Nach und nach eroberte er sich mit den Lippen ihren Körper, bis seine Liebkosungen heftiger wurden, seine Küsse leidenschaftlicher und er sie noch fester an sich zog.

Schließlich streifte er den seidigen Stoff ganz herunter. Stacey war bereit, ihm zu gehören, sie war überhaupt nicht verlegen, sondern überließ sich selbstvergessen ihren Empfindungen. In diesem Moment nahm sie ein Geräusch aus dem Nebenzimmer wahr.

Es war ein Kichern, Stacey war sich sicher. Ryan war aufgestanden, um sich zu entkleiden, und Stacey versuchte erst einmal, das Gehörte zu ignorieren. Sie blickte zu Ryan und bewunderte seine kraftvolle, schöne Figur.

Da war es wieder! Ein Kichern, daran bestand kein Zweifel, es folgten ein Kratzgeräusch und wieder Lachen.

Das alles war ihr sehr geläufig. Sie und ihre Geschwister hatten ein System erfunden, sich gegenseitig auszuspionieren. In diesem Haus war es sowieso kaum möglich, eine Privatsphäre zu haben, sie hatten dazu noch Methoden entwickelt, die es endgültig verhinderten, dass auch nur irgendjemand ein Geheimnis bewahrte. Stacey war sich sicher. Ihre fünfzehnjährigen Brüder klebten am Fußboden, pressten ein Marmeladenglas gegen die Wand und erlauschten alles.

Dass jeder Laut, den sie und Ryan von sich gaben, von den neugierigen Zwillingen registriert wurde, wirkte wie eine eiskalte Dusche auf Stacey. Als die alten Bettfedern knarrten, weil Ryan sich neben sie setzte, zuckte sie zusammen. Sie erwartete ein weiteres Kichern und wurde nicht enttäuscht.

Sollte es den beiden wirklich gelingen, sie zu stören? Stacey wollte das nicht zulassen und versuchte, sie einfach nicht zu beachten. Irgendwo hörte sie eine Tür zuschlagen, von der Treppe her ertönte die Stimme ihrer

Mutter. Eilige Schritte waren auf dem Flur zu vernehmen, und dann scharrte einer der Hunde an der Tür des Nebenraumes. In den Wasserrohren begann es zu rauschen, weil sich jemand ein Bad einließ.

Es half alles nichts, Stacey konnte die Geräusche um sie herum nicht mehr überhören. Sie hatte inzwischen das Gefühl, sich vor aller Augen mit Ryan zu lieben. Zu extremer Schamhaftigkeit erzogen, verkrampfte sie sich und wurde verlegen.

„Stimmt etwas nicht, Stacey?“ Ryan lag neben ihr und versuchte, ihren Gesichtsausdruck zu deuten.

Stacey schaffte es nicht, ihm zu sagen, dass ihre Brüder lauschten. Sie befürchtete, jeden Moment in Tränen auszubrechen, und das war ihr peinlich. Die harmonische Stimmung war natürlich dahin. Trotzdem, so missverständlich ihr Schweigen war, kein Wort kam über ihre Lippen.

Ryan reagierte beleidigt. „Ich schätze, du möchtest lieber allein sein.“

Sein kühler Ton trieb ihr die Tränen in die Augen, sie brachte es immer noch nicht fertig, ihm zu antworten.

„Ich sehe es.“ Er stand auf, hob das Nachthemd vom Boden auf und warf es ihr zu. „Ich begreife, dass du nichts von all dem hier erwartet hast. Ich wusste, dass du mich wegen der Kinder heiratest, aber mir war nicht klar, dass dies der einzige Grund ist.“ Er fuhr sich ärgerlich durchs Haar und setzte sich auf den Rand des anderen Bettes.

„Ryan …" Stacey versuchte, ihm alles zu erklären.

„Schlaf jetzt, Stacey." Beleidigt legte er sich hin und schob die Hände unter den Kopf.

Stacey setzte sich zögernd auf und zog sich das Nachthemd über.

„Tut mir leid, dass ich dich falsch verstanden habe, Stacey. Es wird nicht noch einmal vorkommen."

Es kostete Stacey am nächsten Morgen große Überwindung, zum Frühstück im Esszimmer zu erscheinen. Ryan war mit dem ersten Hahnenschrei aufgestanden, hatte geduscht und sich angezogen, während sie zusammengerollt im Bett lag und zu schlafen vorgab. Erst als er gegangen war, öffnete sie die Augen. Eine Stunde später fühlte sie sich in der Lage, ihrer Familie und Ryan gegenüberzutreten.

Die Küche war ungewöhnlich leer. Nur Staceys Bruder Randy, Ryan und Christy saßen am Frühstückstisch. „Mommy!", begrüßte Christy sie mit strahlendem Lächeln, den Mund voller Haferflocken.

Stacey machte sich Mut. „Guten Morgen. Wo sind alle?", fragte sie beklommen.

„Guten Morgen, Stacey", Ryan blieb höflich. „Deine Eltern sehen nach den Hühnern, und die Kinder reiten das Pony deiner Schwester." Er gab sich freundlich, aber distanziert, behandelte sie wie eine Fremde.

Stacey ging an den Kühlschrank und holte Milch und Orangensaft heraus. „Brauchst du etwas, Ryan?", fragte sie ebenso förmlich.

„Nein, danke, Stacey." Er stand auf und hob Christy aus dem Kinderstuhl.

Randy grinste anzüglich. „Ich werde euch zwei Turteltäubchen jetzt allein lassen. Sicher habt ihr euch eine Menge zu erzählen." Lässig schlenderte er aus der Küche, dabei ließ er eine Spur von Toastkrümeln hinter sich.

„Ist er nicht charmant?", rief Stacey ärgerlich. „Jungen sollte man einkerkern, bis sie mindestens zwanzig sind."

Ryan war über ihren Ausbruch sichtlich verblüfft. „Hasst du heute Morgen alle Männer oder nur die aus deiner Verwandtschaft?"

Sie sollte ihm ihr Verhalten endlich erklären. Stacey machte dazu einen Ansatz: „Ryan, letzte Nacht haben Randy und James ..."

„Guten Morgen, mein Liebling, hast du gut geschlafen?" Mrs. MacDonald kam in die Küche gestürmt und schlug sofort die Hand vor den Mund, als sie Staceys Verlegenheit bemerkte. „Vergiss, was ich eben gefragt habe."

Staceys Mutter war eine recht attraktive Frau. Ihr hellbraunes Haar durchzogen silberne Strähnen, und in ihren Augenwinkeln gab es viele Fältchen vom Lachen und der Arbeit unter der brennenden Sonne Georgias. Sie lachte und tätschelte Stacey im Vorbeigehen die Hand. Dann goss sie sich eine Tasse Kaffee ein. „Glaub es mir oder nicht, mein Kind, aber ich war auch einmal jung verheiratet."

Stacey vermied es, Ryan anzublicken. Der stand plötzlich hinter ihr und beugte sich vor, um ihr einen brüderlichen Kuss auf die Wange zu geben. „Ich werde Christy das Pony zeigen, während du frühstückst."

Den ganzen Morgen über war es nicht möglich, mit Ryan allein zu sprechen. Sie packten ihre Sachen zusammen und bereiteten sich auf die Abreise nach Florida vor. Ryans Kinder beschwerten sich lautstark darüber, sich von den neuen Freunden trennen zu müssen. Stacey beobachtete David und Jonathan, als sie sich von James und Randy verabschiedeten. Nach dieser gemeinsamen Woche hatten die jüngeren bereits recht viele Verhaltensweisen der älteren Zwillinge angenommen.

Stacey schickte David und Jonathan in den Wagen und wandte sich an ihre Brüder. „Solltet ihr noch einmal solche Tricks versuchen wie gestern Nacht, dann werdet ihr es bereuen, überhaupt geboren zu sein!"

Die beiden sahen sie schuldbewusst an, und allgemein entstand Stille. Ryan hatte die Szene erstaunt verfolgt, Staceys Mutter blickte sie fragend an.

„Das war nur ein schwesterlicher Rat, Mutter." Sie wandte sich wieder an ihre verlegenen Brüder. „Ihr versteht das richtig, oder?"

„Ja, Stacey."

„Und wenn ihr es wagt, den Kleinen eure Tricks zu zeigen, dann wird keins unserer Geheimnisse mehr bei mir sicher sein", drohte sie zum Abschluss. „Und jetzt sagt auf Wiedersehen."

„Auf Wiedersehen, Stacey."

Nachdem sie eine Stunde unterwegs waren, kam Stacey zu dem Schluss, dass es unmöglich sein würde, während der Fahrt mit Ryan ein ernstes Gespräch zu führen. Wie sie es gehofft hatte, hielten alle Kinder zwar ein Nickerchen, doch jedes zu einer anderen Zeit. Immer gab es einen kleinen Zuhörer, der ihre freundliche, unverbindliche Konversation verfolgte.

Im Gegensatz zu ihrer Reise in den Norden war die Rückfahrt kein Vergnügen. Die Stunden schienen sich endlos zu dehnen. Nach kurzer Zeit gaben Stacey und Ryan es auf, überhaupt miteinander zu reden.

Es war schon dunkel, als sie vor Ryans Eigentumswohnung parkten. Stacey hob die schlafende Christy aus ihrem Sitz und folgte den anderen ins Haus.

„Es ist spät, Kinder", verkündete Ryan. „Alle in die Betten! Wir können morgen früh auspacken."

Die Zwillinge gingen in das Schlafzimmer, das sie mit Ryan geteilt hatten. Caroline nahm Christy mit in das andere Schlafzimmer.

„Ryan, wo werden wir beide schlafen?" Stacey hatte sich die ganze Zeit mit dieser Frage beschäftigt, doch für Ryan schien dieses Problem nicht zu existieren.

„Ich schlafe bei Jonathan und David, und du schläfst mit den Mädchen. Unter den gegebenen Umständen scheint das die beste Lösung zu sein, meinst du nicht? Vielleicht willst du auch mit den Mädchen in dein eigenes Apartment gehen? Aber ich denke, du solltest den Anschein wahren und lieber hierbleiben."

Stacey nahm ihren schwindenden Mut zusammen.

„Das hatte ich nicht vor, ich dachte, vielleicht …“

„Es gibt keine Lösung, die uns beiden gerecht wird. Willst du jetzt nachsehen, ob Caroline ins Bett gegangen ist? Ich kümmere mich um die Zwillinge.“

Es war offensichtlich nicht der richtige Zeitpunkt, etwas bei ihm klarzustellen. Irritiert wandte Stacey sich ab und lief zum Schlafzimmer.

„Stacey.“

„Ja, Ryan?“

„Ich gehe auch gleich ins Bett. Letzte Nacht habe ich nicht sehr gut geschlafen, ich bin müde.“ Er musterte sie von oben bis unten, sah dann aber schnell wieder weg. „Bis morgen früh also.“

Wie die folgenden zwei Wochen aussehen würden, erfuhr Stacey gleich am nächsten Tag beim Aufstehen. Sie erwachte, als Ryans Haushälterin Mrs. Watson in die Wohnung kam. Wenige Minuten später erfüllte der Duft von brutzelndem Schinkenspeck die Wohnung. Stacey zog sich an und steckte den Kopf zur Tür hinaus.

„Guten Morgen, Mrs. Cunningham“, wurde sie herzlich begrüßt. „Ich habe Mr. Cunningham auf dem Parkplatz getroffen. Er hat mir von Ihrer Hochzeit erzählt. Ich freue mich so für Sie beide.“

Stacey bemühte sich zu lächeln. „Danke sehr. Hat Ryan gesagt, wo er hingeht?“

„Nur, dass er den ganzen Tag arbeiten würde und Sie ihn durch seine Sekretärin erreichen könnten, wenn es notwendig wäre.“

Stacey und die Kinder verbrachten den ganzen Tag damit, ihre Sachen auszupacken und mit Hilfe von Mrs. Watson zu waschen und wieder einzuordnen.

Ryan erschien nicht zum Abendessen, sondern rief an, dass sie ohne ihn beginnen sollten. Kurz bevor die Kinder ins Bett gingen, kam er nach Hause. Nach unzähligen Umarmungen und Küssen verbrachte er den Rest des Abends mit ihnen, balgte mit den Jungen und las ihnen Geschichten vor. Nachdem sie schließlich alle schlafen gegangen waren, ließ er sich auf das Sofa fallen und vertiefte sich in die Zeitung.

„Ein schwerer Tag?“ Stacey setzte sich neben ihn.

Ryan blickte nur kurz von der Lektüre auf, es sah aus, als fühlte er sich durch die Frage belästigt. „Sehr. Und deiner?“

Er erkundigte sich freundlich, aber Stacey glaubte nicht, dass es ihn tatsächlich interessierte. „Es gab viel zu tun. Wir haben alles ausgepackt und gesäubert.“

Ryan versteckte den Kopf wieder hinter der Zeitung. „Gut.“

Stacey wartete, bis er die Titelseite fertig gelesen hatte, bevor sie einen weiteren Versuch unternahm. „Meinst du, dass du jeden Tag so beschäftigt sein wirst?“

„Höchstwahrscheinlich.“ Er gab sich nicht einmal die Mühe, zu ihr aufzuschauen.

Leg die Zeitung beiseite, flehte Stacey im Stillen. Gib mir eine Chance, dir zu sagen, wie ich mich fühle!

Ryan beendete die Comicseite und begann mit dem

Sportteil. Schließlich warf er die Blätter vor sich auf den Glastisch. „Was ist, Stacey?"

„Ryan", begann sie zögernd. „Wir müssen miteinander reden, ich möchte dir etwas erklären."

„Das ist nicht notwendig, Stacey. Du hast mir klar und deutlich gezeigt, was du meinst. Obwohl ich gern wüsste, warum du so lange damit gewartet hast."

„Es ist nicht so, wie du denkst."

„Was denke ich denn?"

„Lass es mich doch in Ruhe erklären! Ich versuche dir etwas zu sagen, und das ist nicht einfach."

Ryan schwieg, aber er sah sie ungeduldig an.

„In der Nacht, ich wusste nicht, ich habe nicht erwartet ..." Sie zögerte einen Augenblick. „Dass ich mehr sein soll als nur die Mutter der Kinder. Wenn ich es gewusst hätte, dann ..."

„Dann hättest du eine andere Entscheidung getroffen", unterbrach er sie beleidigt, stand auf und streckte sich. „Vielleicht wäre das für uns beide besser gewesen."

Er wandte sich ab und war gegangen, ehe Stacey ihren Satz beendet hatte. Dabei wollte sie ihm doch einfach nur zu verstehen geben, dass sie sonst auf einer Übernachtung außerhalb des Hauses ihrer Eltern bestanden hätte! Dass er sich weigerte, ihr zuzuhören, erweckte ihren Trotz. Sie hob entschlossen den Kopf. Sollte er nur merken, dass nicht er allein unerträglich stur sein konnte!

## 9. KAPITEL

In den nächsten Tagen bemühten Stacey und Ryan sich, nie länger als fünf Minuten mit dem anderen allein zu bleiben. Irgendwie gelang es ihnen, sich aus dem Weg zu gehen. Sie sprachen außerdem so gut wie nie miteinander.

Vierzehn Tage hielten sie das durch. Dann wollte Ryan sich mit Stacey aussprechen, und das brach das Eis.

Er trug sein khakibraunes Lieblingshemd und Jeans, war barfuß, und die dunklen Locken hingen ihm wirr in die Stirn. Ohne Zweifel: Er war der erotischste Mann, den Stacey jemals gesehen hatte. Aller Stolz löste sich im Nu in Rauch auf. War er diese Quälerei wert?

Obgleich sie eine Abfuhr befürchtete, war Stacey bereit, einen neuen Anfang zu machen. Sie lief zum Sofa und setzte sich neben Ryan. Als er daraufhin den Anflug eines Lächelns zeigte, war das, als würde es nach einem langen Winter endlich wieder Frühling werden. Erleichtert atmete sie auf. „Ich habe dich so vermisst!“

Ryan blickte sie überrascht an. „Das ist schön.“

„Hast du mich auch vermisst?“

Ryan lächelte. „Ja, es war die reine Hölle, so zu leben.“ Er streckte den Arm aus, und Stacey rückte näher und lehnte sich gegen seine Brust.

„Ryan, es war albtraumhaft. Ich habe zum Beispiel einen ganzen Abend damit verbracht, das Badezimmer zu putzen, obwohl es vollkommen sauber war, nur um dir aus dem Weg zu gehen."

Ryan lachte und zog sie fester in die Arme. „Es tut mir leid, Stacey. Ich habe mich wie ein beleidigter Halbwüchsiger benommen, dessen Freundin sich weigerte, ihn im Wagen seines Vaters auf dem Rücksitz zu lieben. Ich verspreche dir, dass ich mich ab jetzt benehme."

War es das denn, was Stacey wollte? „Ich würde gern noch einmal von vorn anfangen. Ich hätte gern eine richtige Eheschließung."

Sie sah sein Gesicht nicht, aber sie hatte das Gefühl, dass Ryan sich versteifte. „Ist die Idee so schlecht?"

Ryan antwortete nicht sofort. „Ich bin nicht sicher, was du damit meinst. Aber ich möchte nichts von dir, was du nicht wirklich geben willst." Bevor sie protestieren konnte, fuhr er fort: „Wir wissen beide, dass du mich der Kinder zuliebe geheiratet hast. Ich kann wohl nicht irgendetwas anderes von dir erwarten, nur weil du auf einem Stück Papier meine Ehefrau bist."

Stacey meinte, in einem falschen Zug zu fahren und nicht aussteigen zu können. Die richtigen Worte wollten ihr einfach nicht einfallen.

„Aber wenn wir zusammenleben, dann lass uns zumindest Freunde sein."

„Ryan, ich will doch mit dir nicht nur Monopoly spielen."

Ryan schien nicht zu verstehen, worauf sie hinauswollte. „Ich gebe dir meine Kameradschaft. Ist das nichts?“ Er lehnte sich zurück und strich ihr aufreizend langsam durch das Haar.

Was für ein Trick war das? Sie mochte naiv sein, aber sie konnte nicht glauben, dass ein so vitaler Mann wie Ryan Cunningham es einfach hinnahm, nur der gute Freund für seine Ehefrau zu sein. Hinter seinem seltsamen Verhalten musste etwas stecken, doch was war es? Sie kam nicht dahinter. Alles, was sie wusste, war, dass seine Gegenwart sie zum Wahnsinn trieb.

„Stacey. Ich wollte dich um einen großen Gefallen bitten.“

Alles, dachte sie. Alles, was du möchtest. „Und das wäre?“

„Unser Farmhaus wird nächste Woche bezugsfertig.“

„Das ist eine gute Nachricht.“

„Bevor wir Möbel kaufen, sollten die Kinder aus dem Haus ihrer Eltern das herausholen, was sie gern behalten möchten. Es wäre schön, wenn du mit ihnen gingest und dabei hilfst.“

„Können wir es denn tun, bevor dir das Sorgerecht endgültig zuerkannt ist?“ Stacey wusste, dass Janelles Haus wegen der Vormundschaftsfrage bisher nicht verkauft worden war.

„Ihre Tante Katherine hat die Klage zurückgezogen. Es scheint, als hätte unsere Heirat das bewirkt.“

Stacey schlug sich erfreut auf die Schenkel, und Ryan drückte sie kurz. „Danke, Stacey. Jetzt gehören die Kinder eindeutig mir.“

„Uns“, korrigierte sie ihn und lächelte innerlich. Und du, Ryan Cunningham, gehörst eindeutig mir!

Ryan wollte, dass Stacey mit den Kindern zu deren Heimatort Boca Raton flog. Stacey bestand darauf, dafür das Wohnwagen zu nehmen. Daraufhin bot er ihr fachmännische Fahrstunden an, aber Stacey meinte, wegen ihrer langjährigen Erfahrung mit dem Lieferauto des Vaters auch so klarzukommen. Schließlich gab Ryan nach und überließ ihr den Wagen.

Sie brachen am nächsten Morgen mit gemischten Gefühlen auf. Die Kinder, vor allem Caroline, hatten Angst, dorthin zurückzukehren, wo alles sie an ihre Eltern erinnerte. Stacey machte sich Ryans wegen Sorgen. Konnte sie ihn allein zu Hause lassen? Vielleicht stellte er dann fest, dass ihm sein Junggesellenleben doch fehlte?

Nachdem sie die Karte sorgfältig studiert und den Weg kalkuliert hatte, beschloss Stacey, die erste Nacht in St. Petersburg zu verbringen. Ganz in der Nähe dort lebten Ryans Eltern.

Sie erreichten den Ort recht spät und quartierten sich in einem Strandmotel ein. Bevor sie bei den beiden anriefen, gingen sie kurz schwimmen. Ryans Eltern freuten sich über den Besuch, und sie behielten auf Staceys Bitte hin Christy bei sich. So konnte sie mit den älteren Kindern allein nach Boca Raton fahren.

Der nächste Reisetag verlief ruhig, Christy war ohne Murren bei den Großeltern geblieben. Die Zwillinge und Caroline waren still, offensichtlich dachten sie viel an den bevorstehenden Besuch zu Hause. Stacey unterbrach die Fahrt so selten wie möglich.

Sie erreichten Boca Raton nach Einbruch der Dunkelheit. Stacey war vom Fahren müde. Sie nahm die Palmen, die schönen gepflegten Häuser mit den Ziegeldächern und die üppig bepflanzten Gärten kaum wahr. Sie hielt an einer Tankstelle und erkundigte sich nach dem Weg. Bald waren sie nahe genug beim Haus, sodass die Kinder ihr die restliche Strecke zeigen konnten.

Das Haus lag im schönsten Viertel der Stadt, nahe am Wasser. Staceys erster Gedanke war, dass Ryan nicht der Architekt gewesen sein konnte. Es war in seiner ganzen Hässlichkeit nämlich nach ihrer Ansicht kaum zu überblicken. Insgesamt bot es eine Mischung verschiedener Stilrichtungen, ein Durcheinander von Säulen und Fenstern, für ihren Geschmack alle an den falschen Stellen angebracht, und ein Miteinander von unterschiedlichsten Materialien.

Es schien ihr, als ob jemand an diesem Gebäude alles das hatte anbringen wollen, was er liebte – ob es harmonierte oder nicht. Stacey liebte es dafür sofort.

Innen bot es das gleiche Bild. Es passte fast nichts zusammen, aber die Räume hatten eine so intensive Atmosphäre von Wärme, dass Stacey zunächst kein Wort sagen konnte. „Hier sind wir“, flüsterte sie schließlich, weil ihr nichts anderes einfiel.

Das Haus war sorgfältig gelüftet und vom Staub befreit worden. Stacey wusste, dass Ryans Eltern nach dem Unglück dort gewesen waren, um alle Wertgegenstände und persönlichen Andenken herauszuholen. Sie sollten später einmal den Kindern gegeben werden. Alles, was dort noch stand, waren die Möbel.

Die Kinder waren sehr still. Stacey räusperte sich. „Es ist spät. Ich denke, wir sollten erst schlafen gehen. Die Möbel können wir morgen früh aussuchen."

„Ich möchte nicht hierbleiben", sagte Caroline leise. „Ich möchte hier nicht sein."

„Ist es dir lieber, wenn ich bei dir in deinem Zimmer schlafe?", bot Stacey ihr an.

Caroline nickte. Die beiden Jungen konnten kaum noch die Augen offen halten, und Stacey folgte ihnen in ihr Schlafzimmer. Sie half ihnen dabei, sich bettfertig zu machen, während Caroline in der Diele wartete. David und Jonathan waren so müde, dass sie nur noch einige vertraute Sachen in die Hand nahmen, dann zwischen die frischen Laken krochen und sofort einschliefen.

„Wo ist dein Zimmer, Caroline?" Caroline ging niedergeschlagen den Flur entlang bis zur letzten Tür. „Hier."

Stacey legte ihr den Arm um die Schultern und öffnete. „Es ist schön. Hast du die Möbel selbst ausgesucht?"

Caroline schüttelte nur den Kopf.

Stacey lief ein wenig umher und bewunderte das überdachte Bett, die französische Bauerngarderobe und die Kommode. „Ich wette, du möchtest das alles mit nach Tallahassee nehmen."

„Nein." Caroline bewegte sich nicht von der Stelle.

„Warum nicht?"

„Darum." Stacey wunderte sich über die Aggressivität, mit der Caroline sprach, und dachte zunächst, dass sie gegen sie gerichtet sei. „Es tut mir leid, Caroline. Ich sollte nicht so neugierig sein. Kannst du mir verzeihen?"

„Ich bin nicht auf dich böse."

„Du siehst so zornig aus, was ärgert dich?"

„Sie!", brach es aus ihr heraus. „Meine Mutter und mein Vater!" Und dann brach sie in Tränen aus.

Stacey setzte sich zu Caroline auf das Bett und streichelte ihr Haar.

„Ich hasse sie!", beklagte Caroline sich. „Sie sind einfach weggegangen und haben uns alleingelassen. Wenn sie uns geliebt hätten, wären sie gar nicht erst fortgeflogen."

Als Carolines Tränenfluss ein wenig nachließ, meinte Stacey: „Ich glaube, du hasst, was passiert ist, nicht deine Eltern."

Caroline lehnte den Kopf gegen Staceys Schulter und schniefte. „Ich möchte sie nicht hassen. Früher habe ich sie geliebt."

„Natürlich hast du das. Und sie haben dich geliebt."

„Aber sie haben uns verlassen."

„Sag mal, Caroline, bist du früher auch mal über Nacht bei Freunden geblieben oder warst bei ihnen zu einer Party eingeladen?"

Caroline nickte.

„Und warst du schon einmal in einem Ferienlager?"

Caroline schüttelte den Kopf. „Aber Mom sagte, dass

ich in diesem Sommer fahren dürfte."

Stacey drückte sie aufmunternd. „Hast du deine Eltern auch geliebt, während du zu diesen Partys gegangen bist?"

„Natürlich."

„Nun, warum bist du dann gegangen?"

„Ich wollte mit meinen Freunden zusammen sein. Immer möchte man nicht zu Hause bleiben."

Stacey schwieg, und nach einer Weile setzte Caroline hinzu: „Aber ich bin immer zurückgekommen!"

„Caroline, denkst du wirklich, dass deine Eltern das nicht wollten?"

Stacey und Caroline saßen noch lange zusammen, bevor sie sich schlafen legten. Nachdem Caroline sich ausgeweint hatte, nahm sie Staceys Hand. „Stacey, ob es meiner Mutter viel ausmachen würde, wenn sie wüsste, dass ich jetzt dich und Ryan liebe?"

„Caroline, deine Mutter und dein Vater werden immer einen besonderen Platz in deinem Herzen haben. Du brauchst doch kein schlechtes Gewissen zu haben, wenn du andere Menschen liebst."

Caroline seufzte. „Ich glaube, du hast recht. Mom hat immer gesagt, dass man Liebe teilen soll." Bald schlief sie erschöpft ein.

Stacey lag noch eine Weile wach und lauschte auf Carolines gleichmäßiges Atmen.

„Sieh mal, Tante Stacey, was ich gefunden habe." Caroline saß auf dem dunkelblauen Teppich im Wohnzimmer ihres Elternhauses in Boca Raton und untersuchte den Inhalt eines Rollschreibtisches. „Fotos!“

Stacey hockte sich neben sie und machte David und Jonathan ein Zeichen, sich zu ihnen zu gesellen. „Deine Großmutter dachte, dass sie alle Fotos mitgenommen hätte. Sie wollte sie für euch in ein Album kleben.“

„Die hat sie übersehen. Schau dir das an.“

Stacey nahm die Fotografie in die Hand. „Oh, ich wette, das wollte deine Mutter einrahmen.“ Es war ein zwangloses, professionell gemachtes Familienporträt. Der Fotograf hatte es fertiggebracht, jeden von seiner Schokoladenseite zu zeigen. Die Eltern lächelten sich zufrieden an. Das Bild zeigte, wie viel Wärme die Kinder bei ihren Eltern gefunden hatten.

„Wir sehen so glücklich aus“, sagte Caroline wehmütig. „Meinst du, wir können es einrahmen und im neuen Haus aufhängen?“

„Ich denke, das ist eine sehr gute Idee, Caroline. Vielleicht finden wir noch andere, mit denen wir die Wände dekorieren können.“

Die vier durchstöberten die Schubladen und fanden noch mehr Bilder, die sich zum Einrahmen eigneten. Eines zeigte Janelle und Tom, die sich wie zwei Frischverliebte in den Armen hielten. „Eure Eltern haben sich sehr geliebt“, kommentierte Stacey. „Auf allen Fotos sehen sie so glücklich zusammen aus.“

„Sie haben sich immer geküsst, anders als du und Ryan.“

„Nun, wir sind noch nicht so lange verheiratet wie

eure Eltern, ihr müsst uns schon Zeit geben."

Stacey ging mit den Kindern von Zimmer zu Zimmer, um die Möbelstücke zu markieren, die nach Tallahassee geschickt werden sollten. Überall meinte sie deutliche Anzeichen für eine harmonische und liebevolle Ehe zu sehen, wie sie sie sich so sehnlich für sich selbst wünschte. Aber nirgends war das so offensichtlich dokumentiert wie in dem Schlafzimmer.

In der Mitte des Raumes stand ein riesiges Bett, dicker Plüschstoff und Kissen bedeckten es. An einer Wand gab es eine offene Feuerstelle, die einzige im Haus, und im Badezimmer befand sich eine Badewanne, die mehreren Personen Raum bot. An den Wänden hingen geschmackvolle erotische Bilder.

Es war ein Raum für Liebe und Leidenschaft, er drückte die Freude aus, die Janelle und Tom in ihrer Ehe gefunden hatten. Das ist es, was ich vermisse, dachte Stacey betrübt. Sie saß auf der Bettkante und strich gedankenverloren über die weiche Überdecke. Sie und Ryan hatten wegen der Kinder geheiratet. Dass sie ihn liebte, kam hinzu. Aber Ryan? Er hatte ihr gegenüber niemals solchen Gefühlen Ausdruck gegeben. Verlangen empfand er, aber Liebe?

Aus Leidenschaft kann vielleicht Liebe entstehen, überlegte sie. Irgendwie muss ich Ryan zu verstehen geben, dass ich ihn brauche. Liebe braucht Zeit, und die habe ich ja. Wenn ich dafür eines Tages in einem solchen Raum mit ihm sitzen kann – dann lohnt es sich zu warten.

Die verpatzte Hochzeitsnacht ließ sich doch wiedergutmachen. Ryan mochte vorgeben, dass er nur ihr Freund sein wollte, sie glaubte es ihm nicht.

Vielleicht ist das nur ein Trick, um zu erreichen, was er will?, überlegte sie. Es ist Zeit, offen und ehrlich zueinander zu sein. Ich werde ihm meine Reaktion in der Hochzeitsnacht erklären müssen. Energisch hieb sie auf die Matratze. Sie hatte den Entschluss gefasst, nun musste sie nur noch den Mut aufbringen.

Stacey stand auf und betrachtete das wunderschöne Aquarell an der Wand, das ein junges Paar in leidenschaftlicher Umarmung darstellte. Resolut markierte sie es als Fracht nach Tallahassee. „Für uns, Ryan."

Die Reise zurück nach Tallahassee dauerte einen Tag länger als die Hinfahrt. Ganz frei von ängstlicher Erwartung wollten die Kinder jetzt alles genauer betrachten. Alle Souvenirläden und anderen Attraktionen unterwegs waren Grund genug, anzuhalten und auszusteigen.

Am späten Abend des ersten Tages holten sie Christy von den Großeltern ab. Von der Fahrt ermüdet, blieben sie den nächsten Tag in St. Petersburg, um sich die Stadt genauer anzusehen.

Stacey zeigte Mrs. Cunningham die Fotos, die sie einrahmen wollten, und Mrs. Cunningham zog sofort eine weitere Schachtel mit Bildern hervor, aus der sie sich welche aussuchen sollten. Als Stacey mit den Kindern am nächsten Morgen nach Tallahassee aufbrach, war sie auch mit vielen Fotos von Ryan ausgerüstet.

Sie zeigten ihn als Kind, als Teenager und als Collegestudenten. Dabei gab es eines, das sofort Staceys Lieblingsbild wurde: Es zeigte ihn als Zwölfjährigen, den Strohhut auf dem Lockenkopf, die Jeans bis zum Knie aufgerollt, so spielte er in einer Schulaufführung die Rolle des Tom Sawyer …

Ryans Auto stand nicht auf dem Parkplatz, als die fünf nach Hause kamen, aber ein kleiner Umzugswagen. „Was ist los?“, rief Stacey vom Eingang her.

Mrs. Watson kam aus der Küche, sie rieb sich dabei die Hände am Handtuch trocken. „Oh, Mr. Cunningham hat Sie nicht so früh erwartet, er wollte Sie überraschen.“

„Überrascht bin ich schon, aber was geht hier vor?“ Stacey beobachtete verwundert, wie zwei kräftige Männer die Möbel aus Ryans Schlafzimmer heraustrugen.

Christy kreischte plötzlich erfreut auf, und als Stacey zurücktrat, um den Möbelträgern aus dem Weg zu gehen, legte jemand von hinten auf vertraute Weise die Arme um sie. „Willkommen zu Hause“, flüsterte Ryan ihr ins Ohr.

Stacey lehnte sich an ihn an und verschränkte die Arme vor der Brust. „Hallo, du kommst gerade richtig, um mir zu erklären, was hier vor sich geht.“

Ryan drehte sie zu sich um. Wenn er eine Unterhaltung erwartete, dann hatte er sich getäuscht. Sie stellte sich auf die Zehenspitzen, umfasste seine Schultern und küsste ihn auf den Mund. Es wurde sehr viel mehr als ein flüchtiger Begrüßungskuss.

„Ich denke, du solltest mir lieber sagen, was hier los ist." Ryan streichelte sie dort, wo die in der Taille zusammengeknotete Bluse Haut freigab.

„Ich wollte dir nur zeigen, wie sehr ich dich vermisst habe, und ich wollte herausfinden, ob es dir genauso ging."

„Und? Zu welchem Ergebnis bist du gekommen?"

„Ich glaube, ich brauche noch mehr Informationen." Sie stellte sich wieder auf die Zehenspitzen und küsste ihn noch einmal.

„Meine Dame, es ist schwierig, Möbel hinauszutragen, wenn Sie in der Tür stehen", beschwerte sich einer der beiden Arbeiter lachend.

„Da hast du recht, aber man bekommt andererseits nicht jeden Tag so eine gute Show geboten", ergänzte ihn sein Kollege.

„Ist schon gut, Leute. Wir können unserer Beschäftigung auch an anderer Stelle nachgehen." Ryan nahm Stacey bei der Hand und führte sie zum Straßenrand. Aus den Augenwinkeln konnte Stacey sehen, dass die Kinder den Möbelträgern fasziniert zuschauten. Sie hatten also ein paar Minuten für sich allein.

„Wo waren wir gerade stehen geblieben, Stacey?"

„Nun, lass mich erst deine Frage beantworten. Ich glaube, du hast mich vermisst, ein bisschen zumindest. Und nun bist du dran. Was ist los?"

„Nun, das Haus ist endlich bewohnbar. Wir ziehen heute noch um."

„Aber Ryan, wir haben nur die wenigen Möbel aus deinem Apartment. Der Transport der Dinge aus Boca Raton erfolgt erst in drei Wochen."

„Das macht nichts. Ich dachte, du wärst lieber in dem Haus als hier."

„Ich habe es noch gar nicht gesehen, du wirst das besser beurteilen können."

So war das. Obwohl sie schon mehrere Wochen zusammenwohnten, hatte Ryan ihr bisher nicht das Gebäude gezeigt, das ihr neues Zuhause werden sollte. Und Stacey war zu stolz gewesen, um ihn darum zu bitten.

Ryan strich ihr eine Locke hinter das Ohr. „Diese Hochzeit hat dir nicht viel Freude bereitet, nicht wahr?"

Stacey lächelte schüchtern. „Es war die beste Entscheidung, die ich jemals gefällt habe. Mach dir keine Sorgen."

Ryan zog sie an sich, schob die Hände unter ihre Bluse und streichelte ihren Rücken. Er küsste sie zart auf die Stirn. „Wollen wir es versuchen, Stacey?"

Sie schloss ihn in die Arme. „Oh, Ryan, das wünsche ich mir so sehr." Sie stand dicht an ihn gepresst, den Kopf auf seiner Schulter, und wusste, dass er dasselbe ersehnte wie sie.

Was Ryan betraf, sah Stacey den Hoffnungsschimmer nur ungefähr eine Stunde. Er hatte mit Mrs. Watsons Hilfe schon das meiste eingepackt, Margie war im neuen Haus, um das Ausladen der ersten Fuhre zu überwachen und das Notwendigste aufzustellen. Als das letzte Möbelstück im Transporter festgezurrt war, machten sie sich auf den Weg in den Norden der Stadt.

„Ich fühle mich wie ein Kind am Weihnachtstag vor der Bescherung."

„Das Haus wird dir gefallen, Stacey. Eigentlich haben es Margie und Ron ausgesucht. Sie haben mich mit dem Grundstücksmakler dorthin geführt, er hatte den Vertrag bereits in der Hand. Ich sah das Haus und habe es innerhalb von einer halben Stunde gekauft."

„Warum, ist es so etwas Besonderes?"

„Es ist sehr geräumig und mit Sorgfalt gearbeitet. Vor allem mussten keine gravierenden Schäden behoben werden, nur die Spuren der Zeit." Ryan bog von der Straße auf einen Kiesweg ab. Stacey stellte glücklich fest, dass sie ganz in der Nähe von Margies und Rons Zuhause waren.

Als Stacey es vor Spannung kaum noch aushalten konnte, erreichten sie die Einfahrt der Farm, dort stand ein riesiger Briefkasten. Sie kamen an vielen Walnussbäumen vorbei, die zwar verwildert aussahen, bei guter Pflege aber eine reiche Ernte versprachen. Der Weg führte durch ein kleines Wäldchen mit buschigem Unterholz. Zur Linken sah Stacey eine Wiese, sie war von Unkraut überwuchert. Das deutete auf fruchtbaren Boden.

Nun erreichten sie das Ende des Pfades, und Stacey betrachtete fasziniert das vor ihr liegende Gebäude im viktorianischen Stil. Das Haus umgab eine breite Veranda, die üppig mit Ingwersträuchern geschmückt war.

Was sofort die Blicke auf sich lenkte und das Haus unverwechselbar werden ließ, war ein runder Turm an der Rückseite des Gebäudes. Es war geradezu ein Märchenschloss.

„Ryan, es ist wundervoll! Was für ein Prachtbau!"

„Es freut mich, dass es dir gefällt. Komm herein, wenn du so weit bist."

Während Stacey das Haus von außen bewunderte, kamen die Möbelträger, luden die restlichen Sachen aus und gingen wieder. Stacey hatte in Gedanken bereits den Garten bepflanzt, als sie das Wohnzimmer betrat.

Die Räume waren liebevoll renoviert worden. Die Kiefernböden hatten eine neue Lackierung bekommen, die Wände frischen Putz, und Fenster und Türen waren auch erneuert. Ryan führte sie durch die Räume und erklärte ihr alle Einzelheiten. Ein Wintergarten war am hinteren Teil des Hauses hinzugefügt worden. „Das hier ist eine überdachte Veranda gewesen, sie drohte einzustürzen. Da habe ich sie abreißen lassen und den Anbau entworfen." Das Zimmer war für die Kinder zum Spielen gedacht. Es hatte an drei Seiten Glasfenster und einen freistehenden Kamin in einer Ecke des Raumes.

Stacey war begeistert. „Das erinnert mich an die Blockhütte in North Carolina. Ich werde immer an den Ausblick zum Whiteside Mountain denken, wenn ich hereinkomme."

Ryan legte den Arm um sie.

„Du ahnst nicht, wie romantisch ich noch sein kann."

Er lehnte sich ein wenig zurück, um ihr in die Augen

sehen zu können. „Diese Andeutungen? Willst du mir etwas sagen?"

„Zeig mir die oberen Räume, ich möchte die Schlafzimmer sehen."

Stacey folgte ihm die Holztreppe hinauf. Die Kinder waren schon oben und begutachteten ihr neues Domizil. Ryan öffnete die erste Tür. „Hier zieht Christy ein." Das einzige vorhandene Möbelstück war Christys Kinderbett, und Stacey freute sich schon darauf, alles einzurichten und zu dekorieren. Sie gingen die Diele entlang zur nächsten Tür. „Die Jungen wollten zusammenwohnen, deshalb haben sie das größere Schlafzimmer bekommen."

Dann kam Carolines Reich, das Turmzimmer. Caroline saß dort mit Christy auf einem Klappbett in der Mitte des runden Raumes. „Deine Möbel werden sich hier sehr schön machen, es ist wie für eine Prinzessin", freute sich Stacey mit ihr.

Schräg gegenüber gab es einen kleinen Schlafraum, den Ryan als Gästezimmer vorgesehen hatte. Es blieben noch zwei Zimmer übrig, und Stacey hielt den Atem an, als Ryan die nächste Tür öffnete. „Das ist meins." Stacey überlegte, ob sie ihn richtig verstanden hatte. Ryans schweres großes Mahagonibett, eine dazu passende Kommode und ein großer Tisch standen dort.

„Es ist sehr schön", sagte sie leise.

„Ich zeige dir jetzt dein Zimmer." Stacey sah ihn an. „Es liegt neben dem Bad, gegenüber von Christys Raum."

## *10. KAPITEL*

Die ersten Stunden im neuen Haus verbrachte Stacey in einem Zustand der Verwirrung. Margie und Ron kamen noch einmal mit den Kindern vorbei und brachten einen Schmortopf und Salat zum Abendessen mit. Margie half Stacey, die Betten vorzubereiten und alle Schlafanzüge auszupacken. Stacey antwortete, wenn man sie etwas fragte, lächelte, wenn jemand eine witzige Bemerkung machte, und sprach, wenn zu lange geschwiegen wurde. Als sie auf der vorderen Veranda stand und den Gästen nachwinkte, konnte sie sich aber schon nicht mehr daran erinnern, was den Nachmittag über passiert war. Was sie allerdings ganz genau in ihrem Gedächtnis hatte, war der Moment, als Ryan ihr das separate Schlafzimmer präsentiert hatte. Ein Raum, ganz für sie allein. Das war ein Luxus, den sie nicht wollte.

„Schlafenszeit!" Sie schickte die Kinder nach oben ins Bad, Christy wollte die Treppenstufen nicht allein hinaufklettern, und Stacey trug die Kleine deshalb, zog sie aus und las ihr eine Lieblingsgeschichte vor. Dadurch wurde sie ein wenig abgelenkt. Als schließlich alle versorgt waren, wurde es Stacey bewusst, dass sie nun einen unerträglich langen Abend vor sich hatte.

Im Wohnzimmer fand sie Ryan, er packte gerade eine Bücherkiste aus. „Die Kinder wollen dir gute Nacht sagen."

„Bleib bitte noch, Stacey. Ich wollte mit dir reden", bat er sie, bevor er nach oben ging.

Da es keine Sitzmöbel in dem Raum gab, setzte sich Stacey auf den Fußboden und zog die Beine an. Mit einer Einrichtung würde es ein sehr schöner Raum werden. Es gab einen Kamin, geflieste Wände und eine Holzverkleidung. Dort befanden sich eingebaute Bücherregale.

„Bis auf Christy schliefen schon alle."

Stacey betrachtete Ryan. Wir schätzen uns ab wie zwei Preisboxer, dachte sie traurig. Wir sind uns fremd, und wir werden es wohl immer bleiben. „Worüber möchtest du mit mir reden, Ryan? Ich bin plötzlich so müde."

„Du siehst wirklich abgespannt aus. Vielleicht sollten wir lieber warten."

„Nein, Ryan, ich möchte gleich hören, was du zu sagen hast."

Er nahm sich ein Kissen und setzte sich zu ihr auf den Boden. „Ich muss wissen, ob ich einen Fehler begangen habe."

„Und?"

„Als ich dir dein Zimmer zeigte, warst du überrascht und nicht gerade sehr erfreut. Was hast du erwartet?"

Stacey war zu müde und zu niedergeschlagen, um irgendetwas vorzutäuschen. Sie betrachtete Ryan einen Moment, seine muskulöse Brust unter dem halb aufgeknöpften Hemd, die engen Shorts, die ihm so gut standen, seine bloßen Füße. Ein Fremder. Sie schloss die Augen und lehnte sich gegen die Wand. „Ich bin von dir als Gouvernante eingestuft worden."

„Wenn du etwas anderes erwartet hast, dann verstehe ich dein Verhalten nicht. Du bist geradezu erstarrt, als ich dich lieben wollte."

Stacey sah ihn spöttisch an. „Soso, der große Mr. Cunningham ärgert sich immer noch darüber."

„Du meine Güte, ja, es ärgert mich, aber ich kann damit leben. Nur erwarte nicht, dass ich mit dir in einem Zimmer schlafe." Er fuhr sich nervös durch die Locken. „Ich bin auch nur ein Mann, Stacey. Ich kann nicht jede Nacht neben dir liegen und dich ansehen, ohne dich in die Arme nehmen und lieben zu wollen. Ich habe mich noch keiner Frau aufgedrängt, und ich habe auch bei dir nicht die Absicht, nur weil wir geheiratet haben."

„Du bist so blind wie eine Fledermaus, Ryan Cunningham."

„Wie meinst du das?"

„Ich denke, du hast so viel Erfahrung? Vielleicht können ein wenig Geduld und Einfühlungsvermögen unser Problem lösen?" Stacey stand auf. „Ich gehe jetzt ins Bett, gute Nacht."

Stacey war die Treppe schon zur Hälfte hinaufgestiegen, als Ryan sie einholte. „Was heißt das? Du gehst jetzt nicht, Stacey. Wir bringen das erst zu Ende, ein für alle Mal."

„Was willst du beenden, Ryan? Wir haben doch schon viel zu viel geredet."

„Ich habe auch nicht an eine Unterhaltung gedacht." Er schob sie mit seinem Körper gegen die Wand, und als Stacey nach Atem rang, presste er seine Lippen auf ihren Mund.

„Stacey, ich will dich. Wir haben doch überhaupt keine Probleme." Ryan begann sie stürmisch zu liebkosen, zu küssen und zu streicheln.

Stacey presste sich gegen ihn und erwiderte seine Zärtlichkeiten voller Verlangen. Seine Berührungen machten sie schwindlig, dies war kein vorsichtiger Versuch, ihre Sehnsucht zu erwecken, es war heißes Verlangen, wild und beängstigend. Doch Stacey hatte trotzdem keine Angst.

Sie erschauerte, als er ihre Brust umfasste und die Spitze berührte, sie zitterte und schob sich noch näher an ihn. „Ryan, du gibst mir gar keine Gelegenheit nachzudenken", beschwerte sie sich.

Er nahm sie auf den Arm und trug sie die letzten Stufen hinauf, stieß die Schlafzimmertür auf und brachte sie zum Bett. Dort zog sie ihn mit sich hinunter, stürmisch küsste er ihr Gesicht, ihren Hals, knöpfte ihre Bluse auf und öffnete den BH. Langsam und aufreizend folgte er mit den Lippen der Spur seiner Hände, küsste die zarten Rundungen und nahm vorsichtig die empfindlichen Spitzen zwischen die Zähne, bis Stacey sich wand und aufstöhnte.

„Gefällt dir das?" Wieder begann er mit seinem verführerischen Spiel.

„So ist es gut, süße Stacey, genau so", flüsterte er.

Ryan erforschte ihren Körper, bis sie bereit war, sich ihm vollkommen hinzugeben. Als er seine Shorts ausziehen wollte, fiel ihr Blick auf die offene Zimmertür. „Ryan, wir haben die Tür vergessen."

Er lief durch den Raum, um abzuschließen, in dem Moment vernahm Stacey einen schwachen Laut von der gegenüberliegenden Seite. Sie seufzte und vergrub den Kopf in den Kissen.

„Stimmt etwas nicht?"

„Ryan, hast du das gehört?" Sie horchte noch einmal. „Da, da ist es wieder. Es scheint Christy zu sein." Sie setzte sich auf, zog die Bluse zu und stellte sich neben ihn. „Es hört sich an, als würde sie weinen."

„Sie wird sich beruhigen."

Stacey sah ihn erstaunt an, sein schroffer Tonfall gefiel ihr nicht. „Ich nehme an, sie braucht Hilfe."

„Es ist ein fremdes Haus, sie fühlt sich allein. Wenn du sie in Ruhe lässt, wird sie bald wieder einschlafen." Ryan sagte das so kalt, dass Stacey erschrak.

„Ich möchte nicht gehen, Ryan. Bitte, glaube mir. Lass mich nur kurz nachsehen, was mit ihr ist, dann fühle ich mich besser."

„Wie du willst, Stacey." Er trat zurück. „Aber spiel nicht solche Spielchen mit mir."

„Das ist kein Spiel."

„Mach dir nichts vor! Du willst mich nicht lieben und erfindest Ausreden, um dich zu entziehen."

Sie wollte sich ihm nähern, aber er hinderte sie daran. „Du brauchst dir ab jetzt keine Sorgen mehr zu machen. Ich kann auch ohne deine Aufmerksamkeiten leben." Wütend schob er sie zur Seite und ging aus dem Raum. Sie hörte, wie er die Treppen hinunterlief, die Haustür zuschlug und gleich darauf mit dem Wagen davonfuhr.

Stacey stand wie angewurzelt da. Stunden schienen zu vergehen, bevor sie sich bewegen konnte. Sie knöpfte ihre Bluse zu und lief über den Flur zu Christy.

„Was ist los, meine Kleine?" Christy weinte leise. Stacey strich ihr über die Stirn und war überrascht, wie heiß sie sich anfühlte. „Komm, wir werden mal Fieber messen."

Eine Stunde später hatte sie die Kleine ins Bett gelegt, sie hatte kaum Fieber und schlief nun wieder. Stacey beobachtete ihr gerötetes Gesicht und dachte nach. Nein, Christy hatte sie gebraucht. Es war keine Ausrede gewesen. Ryan täuschte sich da. Er hätte warten können, dachte sie trotzig. Er hätte das verstehen müssen. Sie ließ die Tür offen und ging in ihr eigenes Schlafzimmer. Auch die Tür schloss sie nicht ab, falls Christy sich noch einmal melden sollte.

So konnte sie jedes Geräusch von draußen hören. Vor dem Haus blieb aber leider alles ruhig. Ryan kehrte nicht zurück.

Christy schlief die Nacht unruhig. Am nächsten Morgen war das Fieber gestiegen. Stacey rief schließlich bei Margie an, um die Telefonnummer ihres Kinderarztes zu erfragen.

Margie lachte. „Ich staune, dass Ryan sich nicht daran erinnern kann. In der ersten Zeit, als die Kinder bei ihm wohnten, rief er den armen Mann doch bei jeder Gelegenheit an."

„Ryan ist nicht zu Hause." Stacey hatte es irgendwann aufgegeben, auf ihn zu warten. Schließlich war sie zum Telefon gegangen, um ihn im Büro anzurufen. Das Einzige, was sie aber von seiner überaus tüchtigen Sekretärin erfuhr, war, dass Mr. Cunningham nicht gestört werden wollte.

Stacey war nicht in der Stimmung, Margie Einzelheiten preiszugeben. „Ich kann ihn nicht erreichen."

„Mach dir keine Sorgen um Christy, ich wette, das ist nur eine kleine Erkältung."

Margie hatte recht gehabt. Der Kinderarzt versicherte Stacey nach einer Stunde Wartezeit, dass Christy lediglich einen entzündeten Hals hatte. „Außerdem bekommt sie Zähne." Er blies einen Luftballon auf und schenkte ihn der Kleinen. „Sie wird noch ein oder zwei Tage damit zu tun haben, aber sonst ist alles in Ordnung."

Als Entschädigung für die lange Wartezeit kaufte Stacey den Kindern, die alle mitgekommen waren, in der Stadt Eistüten.

Ryans Auto stand nicht auf dem Parkplatz, als sie nach Hause kamen. Aber es fand sich eine Nachricht im Speisezimmer. Da hieß es, Ryan wäre auf einer unvorhergesehenen Geschäftsreise und wüsste nicht, wann er wiederkäme. Stacey zerknüllte den Zettel. Auf das Papier gekritzelt war eine Telefonnummer für dringende Fälle, das Wort „dringend" unterstrichen. Ryan wollte jeden Abend anrufen, um mit den Kindern zu sprechen. Das Wort „Kinder“ war zwar nicht hervorgehoben, aber das verstand Stacey auch so. Seinen Brief an sie hatte er unter einige Schecks gelegt, die sie für Möbelkäufe benutzen konnte, wenn sie dies vorhatte.

Stacey warf sie ebenfalls in die Schublade. Sie war entschlossen, nicht mal eine Fliegenklatsche ohne seine Hilfe zu besorgen. Ich werde mich darauf nicht einlassen, sagte sie sich. Ich bin doch schließlich nicht sein Dienstmädchen, ich bin seine Partnerin, seine Vertraute, seine Geliebte. Und Möbel einzukaufen, das gehört zu den Dingen, die wir demnächst gemeinsam tun werden!

Die ganze Nacht hatte Stacey über ihre schwierige Beziehung nachgedacht und Ryans Gefühle zu verstehen begonnen. Er wusste noch immer nichts von der Störaktion der Brüder in der Hochzeitsnacht. Für ihn musste die Sorge um Christy tatsächlich nur ein weiterer Vorwand sein, sich ihm zu entziehen.

Es ärgerte sie, dass er ihre Leidenschaft nicht spürte, dass er sie einfach verließ und die Nacht woanders verbrachte. Stacey konnte den Gedanken nicht ertragen, dass er womöglich bei einer anderen Frau Trost gesucht haben könnte.

Wir haben nicht mehr viele Chancen, dachte sie traurig. Noch mehr Missverständnisse, und unsere Ehe ist beendet, bevor sie überhaupt begonnen hat. Komm zurück, Ryan, dachte sie bei sich. Lass uns alles klären, bevor es zu spät ist.

Es war fast eine ganze Woche vergangen, als Stacey beschloss, bei Margie Rat zu suchen.

Margie nahm tröstend ihre Hand. „Ich habe mich schon gefragt, wann du kommst.“ Sie saßen in der Küche und tranken eine Tasse Kaffee nach der anderen.

Gedankenverloren begann Stacey, die blaue Tischdecke zu falten.

„Woher weißt du, dass bei uns etwas nicht stimmt?“

„Nun, wäre Ryan glücklich, würde er so kurz nach der Hochzeit nicht einfach auf eine längere Geschäftsreise gehen. Das ist doch recht offensichtlich.“

Nach und nach erzählte Stacey der Freundin die ganze Geschichte. Obwohl es ihr peinlich war, verschwieg sie nichts.

„Sie haben gelauscht?“, rief Margie fassungslos aus. „Diese frechen Kerle!“

Stacey tat Margies Trost gut, und sie redete sich alles von der Seele.

Margie schob ihr eine Papierserviette zu. „Nun, wie ich sehe, hast du tatsächlich ein Problem. Aber nun verliere dich nicht in Selbstmitleid, sondern handele, Stacey.“

„Ich weiß nicht, was ich machen soll, es glitt mir alles aus den Händen.“

„Hast du mit ihm gesprochen, seit er weggefahren ist?“

„Einmal war ich am Telefon, als er die Kinder anrief. Er war ziemlich unfreundlich.“

„Das beruhigt mich. Dann ist es ein klarer Fall von

Liebeskummer. Der arme Mann weiß auch nicht, wie es weitergehen soll."

Stacey sah ihre Cousine erstaunt an. „Ryan hat mir nie zu verstehen gegeben, dass er in mich verliebt ist. Vielleicht wird das irgendwann einmal so sein, wenn wir diese ..."

„Stacey, hör auf! Der Mann ist es über alle Maßen: Wenn du nur durch den Raum gehst, verfolgt er dich mit Blicken und hört nicht, wenn man ihm etwas sagt. Er ist unruhig, fährt sich durchs Haar. Erlaube mir, er begehrt dich."

„Begehren? Vielleicht. Verliebt ist er nicht."

„Jetzt hör mir mal gut zu." Margie lehnte sich vor, um Stacey die Tischdecke aus den Händen zu nehmen. „Ryan Cunningham kann fast jede Frau haben, die er will. Verehrerinnen heften sich scharenweise an seine Fersen. Aber dann kommst du und behandelst ihn wie jeden anderen Mann. Du liegst ihm nicht zu Füßen, und du steigst nicht sofort mit ihm ins Bett. Du blickst ihn einfach unschuldig an, und das gefällt ihm. Du machst ihn sozusagen verrückt."

„Du bist diejenige, die verrückt ist, Margie."

„Nein, nun pass auf. Du bist eine schöne Frau, Stacey, aber es gibt noch schönere. Du bist eigentlich nicht Ryans Typ, du bist nicht schick und elegant. Aber dafür hast du menschliche Qualitäten."

„Vielen Dank, solche Komplimente haben mir gerade noch gefehlt."

„Der Punkt ist, meine Gute, dass Ryan dich liebt! Er

sieht dich durch den Schleier der Liebe. Meinst du, es hätte ihn so mitnehmen können, wenn es nur Leidenschaft wäre?"

„Ich weiß es nicht, Margie, ich weiß es einfach nicht."

„Aber ich. Vielleicht versteht er es selbst nicht, du willst es ja auch nicht wahrhaben. Aber für Außenstehende ist euer Fall offensichtlich. Wach auf, Stacey. Es ist Zeit."

Stacey dachte einen Moment über die Worte ihrer Cousine nach.

Schließlich seufzte sie. „Wäre das nicht fantastisch, wenn du recht hättest? Ich wünschte, es wäre so."

„Kannst du es nicht darauf ankommen lassen?"

„Was meinst du damit?"

„Ganz einfach. Geh auf ihn zu." Margie drückte ihr aufmunternd die Hand. „Du schaffst es."

Als das Telefon abends klingelte, rannte Stacey zum Apparat. „Ich möchte zuerst mit Ryan sprechen, dann seid ihr dran, ja?", erklärte sie den Kindern.

Das Herz klopfte ihr bis zum Hals, als sie zum Hörer griff. „Hallo, Ryan. Ja, sie sind hier, aber ich wollte erst mit dir reden."

Am anderen Ende gab es eine kurze Pause, Stacey zwang sich weiterzureden. „Ich wollte fragen, ob du schon weißt, wann du nach Hause kommst."

Sie hatte eine aggressive Antwort erwartet und hielt den Hörer deshalb weit von sich. Doch Ryan blieb ruhig. „Ich weiß nicht, wahrscheinlich am Freitag."

„Oh, schön. Ich wollte nur gern wissen, wann ich damit rechnen kann. Ich habe eine Überraschung für dich." Ihr Akzent machte sich in der Aufregung stark bemerkbar.

Ryan schwieg lange. Als Stacey schon glaubte, dass er nicht mehr am Apparat war, antwortete er endlich. „In Ordnung, ich werde dann auf jeden Fall zurück sein."

„Ich werde mit dem Abendessen auf dich warten."

„Lass mich jetzt mit den Kindern sprechen."

Dies war das kälteste Gespräch, das sie je mit Ryan geführt hatte. Aber er kam nach Hause, und sie konnte ihre Pläne schmieden! Das reichte erst einmal.

Am Freitagmorgen packten die Kinder ihre Taschen. Stacey verfrachtete sie in den Wagen, um sie über das Wochenende zu den Finlaws zu bringen. Christy war aufgeregt, als ihr klar wurde, dass sie sich von Stacey trennen sollte. Als sie zu schluchzen begann, erklärte Stacey ihr, dass sie bei Margie bleiben müsse, sie sie aber am nächsten Tag besuchen würde. Ich hoffe, es ist die Aufregung wert, dachte sie, als sie die weinende Christy bei Margie zurückließ und in die Stadt fuhr. Sie parkte im Einkaufszentrum und machte einen Schaufensterbummel. Nach Stunden hatte sie endlich das Gesuchte gefunden. Nun ging es weiter zu dem Schönheitssalon, in dem sie immer ihr Haar schneiden ließ.

Stacey betrachtete aufmerksam die vielen Abbildungen junger Frauen mit den unterschiedlichsten Frisuren im Schaufenster, bevor sie ins Geschäft hineinging. Der

Trend ging offensichtlich zu kurzen, struppigen Haarschnitten. Nach einem kurzen Blick in den Spiegel entschied sie, dass sie auch mit einer neuen Frisur schicker aussehen würde. Ich bin es leid, die Miss Amerika vom Land zu sein!, sagte sie sich.

Aber sosehr Stacey es auch versuchte, die entscheidenden Worte wollten ihr nicht über die Lippen kommen. So gab es keine radikal veränderte Stacey MacDonald Cunningham. Die Frisur blieb, wie sie war.

Nach einer halben Stunde verließ Stacey den Laden. Das lange honigbraune Haar fiel ihr wie immer auf die Schultern, nur die Spitzen waren gestutzt. „Ich bin ein Feigling“, schalt sie sich selbst, als sie wieder in den Wagen stieg. „Ich werde mich nie ändern.“

Ein Besuch im Supermarkt beendete ihren Ausflug. Dort kaufte sie die Zutaten für das Abendessen und Champagner. Mrs. Watson verließ gerade das Haus, als Stacey zurückkehrte. Stacey rief ihr noch ein Dankeschön zu, bevor sie hineinging.

Das Haus glänzte. Es gab aber noch immer keine Möbel im Wohnzimmer, Stacey trug deshalb eine Holzkiste hinein, die als Tischchen dienen sollte. Dazu legte sie zwei kleine Sitzkissen. Sie pflückte im Garten einen großen Blumenstrauß, stellte ihn in eine schöne Glasvase und dekorierte die Kiste damit. Auf dem Kaminsims platzierte sie einen antiken Zinnkübel. Sie füllte ihn mit Eis, um darin die Flasche Champagner zu kühlen.

Nach einer Stunde duftete es in der Küche lecker

nach Braten. Im Kühlschrank standen ein grüner Salat und eine interessante Soße dafür bereit. Appetitliche große Erdbeeren waren gewaschen und tropften im Sieb ab. Sie wollte sie später als Nachtisch reichen.

Stacey stieg die Treppe zu ihrem Schlafzimmer hoch und zog sich schnell aus. Es war schon spät, sie eilte ins Bad, ließ Wasser in die Wanne und feilte sich die Nägel. Obwohl das heiße Bad dazu einlud, noch länger zu entspannen, beendete sie es schnell. Es blieb nicht mehr viel Zeit. Sie betupfte sich mit Parfüm, wickelte sich ein Handtuch um und lief wieder in ihr Zimmer, um die Schachtel aus der teuren Boutique zu öffnen, die sie am Nachmittag aufgesucht hatte. So viel Geld für so wenig!, ging es ihr durch den Kopf, als sie das Preisschildchen von dem kaffeefarbenen Hauch von Seide entfernte. Sie zog das hauchdünne Etwas über. Wie sie es geahnt hatte, verbarg es absolut nichts. Die Ränder des verführerischen Hemdes waren mit schwarzer Spitze besetzt.

Das kann nicht ich sein! Stacey bewunderte sich im Spiegel, während sie ein leichtes Make-up auflegte. Sie durchwühlte ihre Koffer, die sie bisher nicht ausgepackt hatte, und fand einen schwarzen Kamm, mit dem sie sich das Haar an einer Seite feststeckte. Ein Paar goldener Ohrringe vervollständigte das Bild. Stacey schlüpfte in ein knappes schwarzes Seidenkleid und begutachtete sich noch einmal. Nun, wenn Ryan nicht merkt, was gemeint ist – dann haben wir wirklich Probleme. Zu dem Schluss kam sie.

## 11. KAPITEL

Ab halb sieben litt Stacey an Lampenfieber. Um sich abzulenken, baute sie Ryans Stereoanlage auf. Sie stellte alles in einer Reihe neben den Kamin und ging dann seine Plattensammlung durch. Mit Bedacht wählte sie Rimsky-Korsakows „Scheherezade“ zur Einstimmung vor dem Essen und Ravels „Bolero“ für danach. Dann kann nichts schiefgehen, fand sie.

Um halb acht war das Essen fertig. Stacey beschäftigte sich damit, die beiden Sitzkissen aufzuschütteln und die Wasserlache unter dem Zinnkübel wegzuwischen, die das schmelzende Eis leider produziert hatte. Hungrig, wie sie war, kostete sie schließlich von den Kräckern und dem Käse, die sie als Appetitanreger hingestellt hatte. Dann setzte sie den Plattenspieler in Gang und ließ sich auf einem der Kissen an der Wand nieder.

Um halb neun war sie aufgebracht genug, Ryans Telefonnummer für den Notfall anzurufen. Wenn das keiner ist, dann weiß ich es auch nicht, sagte sie sich. Der Telefonnummer nach hielt Ryan sich in einer Stadt in der Nähe von Tallahassee auf. Er hätte längst zu Hause sein können!, dachte sie beim Wählen.

Stacey ließ es lange klingeln. Als sie gerade wieder auflegen wollte, meldete sich eine weibliche Stimme mit North-Carolina-Akzent. Stacey bemühte sich, ihren Schock zu verbergen. „Hallo, kann ich bitte mit

Mr. Cunningham sprechen?“

„Oh, das tut mir leid, meine Süße.“ Es klang keineswegs bedauernd. „Mr. Ryan Cunningham ist zu beschäftigt, um jetzt Telefonanrufe zu beantworten. Er kann nicht gestört werden.“ Im Hintergrund waren Stimmen zu hören, dann meldete sich die Frau wieder. „Geben Sie mir Ihre Nummer, er ruft dann zurück, wenn er nicht so viel zu tun hat.“ Ihr verhaltenes Kichern war zu hören, Stacey hätte fast auf der Stelle den Hörer aufgelegt.

Der Stolz siegte jedoch, und sie bemühte sich, so ruhig wie möglich zu antworten: „Ja, Myra-Lou, bitte sagen Sie ihm, dass Stacey … dass Stacey MacDonald angerufen hat. Und noch etwas: Schön, dass jemand ihn will. Ich jedenfalls nicht!“ Sie warf den Hörer wütend auf die Gabel, in der Aufregung fast daneben.

Ich werde nicht weinen, beschloss sie, während sie barfuß durch das Haus wanderte und ab und zu gegen die frisch tapezierten Wände trat. Ryan vergnügt sich, warum soll ich hier herumsitzen und Dingen nachtrauern, die es nie gab? Sie trat diesmal so kräftig gegen die Wand, dass ihr der Zeh schmerzte. Was mache ich hier eigentlich? Ich sollte feiern, ich habe alles, was man dazu braucht: Champagner und eine Luxusmahlzeit. Irgendwie werde ich diesen verpatzten Abend hinter mich bringen.

Als Stacey ins Wohnzimmer zurückkam, stellte sie fest, dass der Champagner noch kalt war, obwohl sich der größte Teil des Eises schon zu Wasser verwandelt hatte. Entschlossen setzte sie sich auf ein Kissen und entkorkte die Flasche.

„Auf mich und den Mann, den ich geheiratet habe." Da sie keine Sektgläser gefunden hatte, musste sie das kostbare Nass in einen Wasserbecher gießen. Den hielt sie hoch. „Auf dass wir uns so selten wie möglich sehen." Sie stieß mit dem Glas gegen das leere, das auf der Kiste stand. „Und das ist für dich, Ryan." Nun leerte sie es in vollen Zügen.

Der Alkohol wirkte sofort. Das ist besser, dachte sie zufrieden. Wenn schon ein Glas meine Stimmung so positiv verändert, dann müssen zwei noch mehr hergeben. Sie leerte einen weiteren Becher, rutschte vom Kissen und stand auf, griff nach der Flasche und lief mit ihr einen großen Bogen durch das Wohnzimmer und schließlich in die Küche, um nach ihrem Abendessen zu sehen. Alles war inzwischen kalt geworden. Stacey nahm den Topf mit dem Fleisch und stellte ihn neben den Salat in den Kühlschrank. Sie lehnte sich gegen den Küchentresen und ließ zwei Erdbeeren in ihren Trinkbecher fallen, dann füllte sie ihn noch einmal bis zum Rand mit Champagner. Dabei kicherte sie.

Nach einem weiteren kräftigen Schluck bekam sie einen Schluckauf. „Bin ich betrunken? Aber nein, ich, Stacey MacDonald, das Bild der Unschuld, die Berufsmutter, werde das niemals sein!" Sie hielt die Flasche hoch und betrachtete sie mit einem zugekniffenen Auge. „Schon gar nicht von zwei Dritteln der Flasche."

Stacey steckte sich zwei weitere Erdbeeren in den

Mund. „Für alle Fälle.“ Irgendwo meldete sich noch die Stimme der Vernunft und erinnerte sie daran, dass sie das Mittagessen ebenfalls schon ausgelassen hatte. Sie aß noch eine. „Da, gutes Mädchen.“

Nun goss sie den Rest Champagner in den Becher und wankte ins Wohnzimmer zurück. „Wie zweckmäßig, keine Möbel zu haben. Dann gibt es nichts, worüber man stolpern könnte.“

Sie schaltete den Plattenspieler ein, trank den Becher leer und setzte sich wieder auf das Kissen. Die schwermütigen Klänge des „Bolero“ ertönten. Warum hat Ravel das Thema immer noch einmal wiederholt?, überlegte sie. Ist dem armen Jungen nichts anderes eingefallen?

Das erinnerte sie an etwas. Natürlich, sie und Ravel hatten etwas gemeinsam, sie variierten beide unermüdlich dieselbe Idee. Vor Selbstmitleid begannen ihr Tränen über die Wangen zu kullern, sie nahm den Rocksaum und wischte sie damit ab.

Nach einer Weile wurde Stacey müde. Bald lag ihr Kopf auf dem Kissen, und sie streckte die nackten langen Beine auf dem Boden aus.

Sie schloss die Augen und schlief.

„Stacey, was machst du auf dem kalten Fußboden?“ Sie spürte, dass jemand sie leicht schüttelte, wollte reagieren, aber ihre Augen waren wie zugeklebt. Erst einmal brachte sie nur ein leises Stöhnen zustande, und selbst das verursachte ihr Schwindelgefühle.

„Bist du krank?“ Jemand legte ihr die Hand auf die Stirn, um ihre Temperatur zu prüfen.

„Fieber hast du nicht. Hast du dich verletzt?“

„Schrei nicht so“, brachte sie mit Mühe hervor und legte schützend die Hände über die Augen, um das grelle Licht abzuschirmen. War es schon Tag?

„Kannst du dich hinsetzen?“

„Pst, Stacey schläft, lass sie in Ruhe.“

„Du bist ja betrunken. Was ist in dich gefahren?“

„Eine Flasche Champagner.“ Sie lachte albern und stöhnte gleichzeitig, weil das Kopfschmerzen verursachte.

„Eine ganze?“

Vorsichtig öffnete sie die Augen. Schemenhaft erkannte sie Ryan. „Mach dir keine Sorgen. Ich habe sie von meinem Geld gekauft.“

„Stacey, hast du etwa Probleme mit Alkohol?“

Sie lachte gequält. „Absolut. Nie kann ich etwas trinken, das stärker ist als Sodawasser. Ich mag schon mal den Geschmack nicht. Du solltest sehen, welche Schwierigkeiten ich auf Partys verursache.“ Sie lachte wieder und hielt sich gleich darauf den schmerzenden Kopf.

„Das ist überhaupt nicht komisch.“

Ryans kalter Tonfall ließ sie sofort verstummen. „Du bist witzig, Ryan“, brachte sie endlich hervor. „Du kommst einen Tag zu spät nach Hause, nachdem du dich auf zweifelhafte Weise vergnügt hast, und fragst nach meiner Moral?“

„Einen Tag zu spät? Du musst betrunken sein."

Stacey setzte sich aufrecht hin. „Welcher Tag ist heute?", fragte sie so würdevoll wie möglich.

„Es ist Freitagnacht. Neun Uhr dreißig, um genau zu sein."

„Das ist nicht möglich. Wo warst du eigentlich?"

„Ich war die ganze Zeit in Jacksonville."

„Das liegt drei Autostunden entfernt." Sie hob den Kopf und sah, wie sich das Zimmer drehte. „Ich habe deine kleine Notfallnummer vor einer Stunde angerufen, Myra-Lou meldete sich und sagte mir, du wärst dort, möchtest aber nicht gestört werden."

„Du scheinst wirklich volltrunken zu sein. Myra-Lou? Sie lebt in North Carolina, nicht in Jacksonville. Du hast das irgendwie durcheinandergebracht. Ich bin um halb fünf in Jacksonville losgefahren, aber weil ich so schnell fuhr, wurde ich angehalten. Ich verbrachte zwei Stunden damit, mich mit Polizeibeamten auseinanderzusetzen und eine Geldstrafe zu zahlen."

„Sie hatte einen North-Carolina-Akzent, und sie meinte, du darfst nicht gestört werden." Stacey liefen die Tränen wieder die Wange hinunter. Sie wollte sie wegwischen, fand aber nicht die richtige Stelle.

Ryans Gesichtsausdruck wurde ein wenig freundlicher. „Der Bauunternehmer, mit dem ich dort zusammenarbeite, ist mit einer dreihundert Pfund schweren Schönen aus dem Süden verheiratet. Ihre Nummer gab ich dir. Unglücklicherweise ist sie geistig ein bisschen verwirrt. Ich habe ihr erzählt, dass ich zu meiner Frau nach Hause fahre und an diesem Wochenende von niemandem gestört werden möchte. Sie hat mich da sehr wörtlich genommen."

Stacey bemühte sich, ihm zu glauben. Wenn die Uhr wirklich halb zehn anzeigte und sein Auto auf dem Parkplatz stand, dann sagte er wohl die Wahrheit.

„Nun?"

„Ryan, du musst zugeben, wenn ich etwas verderbe, dann richtig." Müde fiel sie ihm in die Arme.

Als Stacey diesmal wieder erwachte, konnte sie die Augen besser aufhalten. Sie lag an einer männlichen Brust, ein Bein war über sie gelegt, und sie versuchte krampfhaft herauszufinden, wo sie sein mochte.

„Gut geschlafen, Stacey?"

Ihr Mund war so ausgetrocknet, dass sie zweimal schlucken musste, bevor sie ein Wort herausbekam. „Ich habe keine Ahnung."

„Weißt du, wo du bist?"

Ein kurzer prüfender Blick sagte ihr, dass sie sich in Ryans Schlafzimmer befand. „Ja."

„Weißt du, was gestern Nacht passiert ist?"

Stacey bekam Herzklopfen. „Bis zu einem gewissen Punkt schon."

Ryan drehte sie auf den Rücken, legte sich halb auf sie, und Stacey bekam einen Schreck. Sie waren nämlich beide nackt. Ryan lachte. „Du hast das alles geplant, nicht wahr?"

Er hatte recht, nur war alles schiefgelaufen. Vorsichtig nickte sie, denn der Kopf schmerzte immer noch wie rasend.

„Es war wundervoll. Es war die unvergesslichste Nacht meines Lebens."

Stacey blickte ihn verwirrt an. „Du meinst ..." Wäre es beleidigend, ihm zu gestehen, dass sie sich an nichts erinnern konnte? „Du meinst, es war so gut?" Sie fühlte sich elend, weil sie ihm etwas vorlog, und senkte den Blick wieder.

„Gut? Liebling, es war atemberaubend."

„Ich bin ... ich bin sehr glücklich."

„Und jetzt zeig mir noch einmal, was du letzte Nacht gemacht hast, ja?"

Stacey bemerkte seinen schneidenden Tonfall, das verunsicherte sie. Sosehr sie sich auch bemühte, es wollte ihr zur vergangenen Nacht nichts einfallen. Sie verkrampfte sich und war unfähig, sich zu rühren.

„Komm, Stacey, zeig es mir noch einmal, du brauchst doch keine Angst zu haben."

Es lag so gar nichts Liebevolles in dieser Aufforderung, und Stacey fühlte sich mit einem Mal hundeelend. Sie konnte die Tränen nicht mehr zurückhalten. „Ryan, es tut mir so leid, ich kann mich an nichts erinnern. Bitte, sei netter zu mir."

Ryan ließ sie frei und rollte sich zur Seite. „Nein, ich bin derjenige, dem es leidtut. Ich wollte dich auch mal verletzen, aber es hat mir keinen Spaß gemacht."

Sie lagen einen Moment stumm nebeneinander. „Stacey", begann Ryan schließlich. „Gar nichts ist gestern

Nacht passiert. Ich habe dich in mein Bett gebracht, falls du Hilfe gebraucht hättest. Du warst ja sozusagen besinnungslos. Wir haben beide geschlafen, das war alles."

„Warum hast du dann so getan, als hätten wir uns geliebt?"

Ryan setzte sich auf. „Ich habe es satt, für dich den Hanswurst zu spielen, Stacey. Gestern Abend kam ich mit der Hoffnung nach Hause, wir könnten uns versöhnen. Und dann finde ich dich betrunken vor. Musst du dir erst Mut antrinken, bevor du mit mir schlafen kannst? Wird es mit einer Flasche Champagner erträglicher?"

Ryan stand auf und bückte sich nach der Jeans, die neben dem Bett lag. „Immerhin, es war ein Versuch. Ich war schon fast so weit, dein großzügiges Angebot selbst unter diesen Umständen zu akzeptieren. Aber dann konnte ich mich doch beherrschen. Er zog den Reißverschluss seiner Hose hoch und drehte sich zu ihr um. „Wenn wir beide wenigstens die Fassade einer Ehe aufrechterhalten wollen, dann lässt du zukünftig diese albernen Spielchen."

„Willst du mich nicht verstehen?" Stacey saß aufrecht im Bett, die Decke bedeckte knapp ihre Brüste. Die langen Locken fielen ihr wirr auf die Schultern, die Ohrreifen klimperten, als sie verständnislos den Kopf schüttelte. „Ryan, ich glaube, du willst es nicht wahrhaben, dass ich dich brauche. Fällt es dir leichter, dein altes Leben weiterzuleben? Wenn wir nichts miteinander haben, dann brauchst du dir auch keine Sorgen zu machen, ob du mir wehtust oder nicht, ist es so?"

Ryan schüttelte verächtlich den Kopf, aber Stacey fuhr unbeirrt fort. „Nun, ich muss dir noch etwas sagen. Lass dir das durch den Kopf gehen, während du deinen Vergnügungen nachgehst. Ich dachte immer, dass ich dich lieben würde. Dass dich in den Armen zu halten das Schönste für mich wäre. Jetzt bin ich froh, dass ich dich los bin."

Stacey stand auf und bemühte sich, so ruhig wie möglich das Zimmer zu verlassen.

Der Duft von Heu lag in der Luft, irgendwo krähte ein Hahn. Stacey öffnete langsam die Augen. Seit sie Tallahassee verlassen hatte, dauerte es immer eine Weile, bis sie sich morgens in ihrer neuen Umgebung orientiert hatte. Das Bett war vertraut, die rosa getönten Wände auch. Sie war wieder zu Hause in Georgia.

Müde drehte sie sich zur Seite und betrachtete die beiden kleinen Mädchen, die in den Betten ihrer Schwestern schliefen. Caroline und Christy bewegten sich nicht. Sie träumten sicher etwas Schönes, zumindest sah es so aus. Caroline lächelte jedenfalls im Schlaf. Christy war in den ersten Nächten nach ihrer Ankunft quengelig gewesen, sie holte ihren versäumten Schlaf nun nach.

Sie sind gerade dabei, sich an die neue Umgebung zu gewöhnen, da muss ich sie wieder wegreißen, dachte Stacey schuldbewusst. Die Kinder hatten es ohne Weiteres hingenommen, dass Mrs. MacDonald Hilfe beim Konservieren und Einfrieren von Lebensmitteln benötigte. Dass sie ihren Onkel jetzt eine Weile nicht sahen, gefiel ihnen allerdings nicht.

„Wir sind für eine Woche eingeladen“, hatte Stacey ihnen am Samstagmorgen erklärt, als sie mit gepackten Koffern bei Margie erschien. „Onkel Ryan muss wieder auf eine Geschäftsreise und wird mindestens eine Woche nicht nach Hause kommen. Wir werden uns solange in Georgia amüsieren.“

In Wirklichkeit wusste Stacey nicht, was Ryan vorhatte. Nach ihrem Streit hatte er sofort das Haus verlassen, und auch Stacey war innerhalb kurzer Zeit aufbruchbereit gewesen. Ohne eine Nachricht zu hinterlegen, hatte sie die Tür geradezu fluchtartig hinter sich verschlossen. Margie hatte sie auch nicht dazu bringen können, ihren Entschluss zu überdenken. Stacey hatte die Kinder so ruhig wie möglich in den Wagen geladen und war nach Georgia gefahren.

Obgleich sie es ihrer Familie gegenüber mit keinem Wort erwähnte, ahnte ihre Mutter wohl etwas von dem Problem mit Ryan. Sie sagte aber nichts.

Stacey war ihren Geschwistern dankbar. Die kümmerten sich liebevoll um die Kinder. Die vier waren bald mit dem Leben auf der Farm orientiert. So konnte sie es sich erlauben, sich zurückzuziehen und über vieles nachzudenken.

Sie hielten sich schon eine ganze Woche in Georgia auf. Stacey konnte die Rückkehr nicht länger hinausschieben, sie musste die Kinder am nächsten Tag nach Florida zurückbringen, denn die Schule begann bald.

Sie stand auf und zog sich eine verblichene Jeans und ein altes T-Shirt über. Langsam kämmte sie sich das Haar und zog sich Turnschuhe an. An diesem Tag sollten Tomaten eingeweckt werden.

Gegen Mittag hatte sie mit ihrer Mutter und zwei Schwestern zahlreiche Gläser gefüllt. Damit konnte ihre Familie über den Winter auskommen. „Ich werde duschen und dann spazieren gehen", erklärte sie der Mutter.

Mrs. MacDonald hielt eigentlich nichts davon, wenn jemand eine Mahlzeit ausließ, aber sie drückte Stacey die Hand. „Sicher, meine Kleine. Nur …" Sie musterte die Aufmachung ihrer Tochter kritisch. „Zieh dir doch etwas Schöneres an. Wenn du hübsch aussiehst, fühlst du dich auch besser."

Das war ein vernünftiger Vorschlag. Nachdem sie geduscht hatte, zog Stacey sich eine türkisfarbene Hose und einen passenden Sweater an. Vielleicht hatte ihre Mutter recht, und es hob die Stimmung? Sie machte sich auf den Weg, spazierte an den Kornfeldern vorbei durch den Wald bis dahin, wo der Besitz ihrer Eltern endete. Sie und ihre Geschwister hatten jeder ein spezielles Plätzchen, an das man sich zurückzog, wenn man allein sein wollte. Staceys Zufluchtsort war eine bestimmte Baumgruppe im Wald gewesen. Es waren fünf Bäume, die einen Kreis bildeten. In dessen Mitte befand sich ein Hügel von Steinen, die Stacey als Teenager dort zusammengetragen hatte. Dorthin ging sie nun über den Teppich wilder Blumen und setzte sich auf einen Stein.

Sie war bisher zu keinem Entschluss gekommen, was ihre Ehe betraf. Doch nun schien Ryan die Entscheidung getroffen zu haben. Obwohl er bestimmt durch Margie wusste, wo sie sich aufhielt, hatte er keinen Versuch gemacht, mit ihr in Kontakt zu treten. Zu viel Ärger, zu viele Missverständnisse, dachte sie traurig. Es gibt für uns keine Zukunft, und dabei hätte alles so anders sein können!

Stacey seufzte. „Wie können zwei erwachsene Menschen so hilflos sein?", sinnierte sie laut. „Und dabei haben wir es doch beide versucht."

„Das ist eine gute Frage, die ich mir auch schon gestellt habe."

Stacey fuhr erschrocken herum. Da stand Ryan. Er lehnte lässig an einem Pappelstamm. Seine Haare waren ein wenig kürzer als sonst, und sie entdeckte leichte Schatten unter seinen Augen, doch sah er noch genauso aufregend männlich und attraktiv aus wie zuvor. „Und welche Antwort hast du darauf gefunden?"

„Dass wir uns nicht mehr quälen sollten."

Irgendwie hatte sich Stacey vorgestellt, dass Ryan zornig oder vielleicht mitleidig um die Scheidung bitten würde. Seine Sanftheit und dieser besorgte Blick machten es ihr schwer, ihm zu antworten.

Sie war froh, als er sie von dem Druck befreite.

„Sag jetzt nichts, Stacey." Er lief zu ihr und hielt ihr die Hand hin, um ihr beim Aufstehen behilflich zu sein. „Ich parke an der Straße. Lass uns später reden."

Stacey folgte ihm durch den Wald. Er ließ ihre Hand nicht los, als sie den mit Blättern bedeckten Weg hinunterliefen. Was auch immer er beschlossen hat, er wird es freundschaftlich regeln wollen, dachte Stacey. Und das machte sie traurig.

Sie liefen zum Wagen, und Ryan hielt ihr die Tür auf. Statt zum Haus zu fahren, steuerte er jedoch die Stadt an. Stacey nahm an, dass sie sich in Gainesville einen Platz suchen würden, um die unangenehmen Einzelheiten zu besprechen. Sie schloss die Augen und lehnte sich zurück. „Du hast sicher schon mit meiner Mutter gesprochen. Hast du auch die Kinder gesehen?"

„Sie waren noch nicht vom Schwimmen zurück."

„Die vier haben dich vermisst, Ryan." Sie öffnete die Augen und blickte ihn von der Seite an. Er sieht noch viel besser aus als sonst, dachte sie. Noch männlicher. Wie gern hätte sie ihn berührt, ihm die Haare zurückgestrichen und zärtlich sein Ohrläppchen geküsst. Stattdessen schloss sie wieder die Augen.

„Ich werde sie bald sehen, mir haben sie auch gefehlt."

Als Stacey nach einer Weile wieder aus dem Fenster blickte, stellte sie fest, dass Ryan nicht in die Stadt fuhr. „Wohin wollen wir, Ryan?"

„Unter den gegebenen Umständen wird es dir vielleicht schwerfallen, Stacey, aber ich möchte, dass du mir vertraust. Du wirst es bald erfahren. Mach es dir bequem."

Stacey lehnte sich zurück und ergab sich ihrem Schicksal. Sie hatte eine ganze Reihe schlafloser Nächte hinter sich, und sie war müde. Es schien nichts mehr zu geben, das den Lauf der Dinge aufhalten konnte. Erschöpft schlief sie ein.

Als sie die Augen wieder öffnete, war es bereits dunkel, doch sie konnte im Mondlicht die Umrisse von mächtigen Eichen und Rhododendronpflanzen erkennen. Sie waren in den Bergen. Warum wollte Ryan ihre Besprechung hier stattfinden lassen?

Sie bemühte sich, nicht zu weinen, aber eine Träne rollte ihr doch die Wange hinunter. Mit den Fingerspitzen wischte sie sie fort.

„Weine nicht, Stacey! Vertrau mir bitte! Warte noch ein bisschen, kannst du das für mich tun?"

Ihr war bald klar, wohin sie fuhren. Sie hatten inzwischen Highlands hinter sich gelassen und bogen in die Straße nach Cashiers ein, wo die Blockhütte von Myra-Lou lag. Die Strecke war vollkommen verlassen, nur ein einziges Auto kam ihnen entgegen. Stacey hörte von fern das Rauschen eines Baches und dachte sofort an den Ferientag an der Felsrutsche. Wir waren damals so glücklich, erinnerte sie sich voller Wehmut. Warum bringst du mich hierher, Ryan?

Der Wagen bog in die steile Auffahrt ein, und sie fuhren bis vor die Hütte. Ryan stellte den Motor aus und blieb einen Moment sitzen. Schließlich stieg er aus und lief um den Wagen herum, um für Stacey die Beifahrertür zu öffnen. Für so eine aufmerksame Geste hatte er bisher nie Gelegenheit gehabt. Immer hatte es Gepäck zu schleppen und Lebensmittelvorräte zu transportieren gegeben. Stacey verließ den Wagen, und Ryan streckte ihr die Hand entgegen, um ihr behilflich zu sein. Als sie neben ihm stand, legte er den Arm um ihre Taille.

„Dein Haar hat im Mondlicht eine andere Farbe.“ Er strich ihr eine Strähne aus dem Gesicht. „Ich weiß nie, wie ich den Farbton nennen soll. Wenn ich denke, es zu wissen, dann wechselt er wieder.“

„Es ist braun.“ Stacey seufzte. Sie sehnte sich danach, dass er ihre Wange streichelte. „Ganz einfach braun.“

„Nein, im Sonnenlicht wirkt es golden, und bei Mondschein sieht es wie dunkler Honig aus.“ Er umfasste ihr Gesicht mit beiden Händen und fuhr mit den Fingern zärtlich über ihre Locken. Dann zog er sie an sich. „Kannst du dir eigentlich vorstellen, wie sehr ich es mir wünsche, dieses Haar neben mir auf dem Kissen ausgebreitet zu sehen?“

Stacey begann zu zittern. Sie sehnte sich genauso danach. „Oh, Ryan …“

„Hast du eine Vorstellung davon, wie gern ich dein seidiges Haar auf meiner Brust spüren möchte, während du dich über mich beugst und mich küsst?“

Ryan zog sie noch näher an sich und streichelte ihren Rücken. Dann nahm er wieder ihr Gesicht zwischen die Hände und küsste sie noch einmal zärtlich. „Komm mit mir auf die Veranda, ich möchte mit dir reden.“

Ryan führte Stacey die Stufen hinauf. Stacey ging voller Widerwillen. Sie wollte nicht hören, was Ryan ihr zu sagen hatte. Dass es um ihre Scheidung ging, wusste sie sowieso.

Ryan schob sie dort auf die Bank und setzte sich neben sie, den Arm um ihre Schultern gelegt. Er würde freundlich und verständnisvoll sein, und später wäre sie nicht einmal in der Lage, ihn zu hassen. Stacey erschauderte bei dem Gedanken.

„Ist dir meine Nähe so unangenehm, dass du dich schütteln musst?"

So konnte das nicht weitergehen. Stacey wollte es nicht zulassen, dass er sie so missverstand.

„Du bist ein Dummkopf, Ryan. Alles, was zwischen uns vorfällt, missdeutest du vorsätzlich. Ich habe dich von Anfang an begehrt, und ich will dich immer noch." Sie lehnte sich zurück, um ihm ins Gesicht sehen zu können. „Ich bin sicher, dir wäre es lieber, wenn ich dir etwas anderes erzählt hätte, aber ich habe keine Lust, die Heldin zu spielen. Mach dir und mir also nichts vor. Du willst diese Beziehung nicht, weil du mich nicht liebst."

„Stacey, glaubst du, ich habe den ganzen weiten Weg nach North Carolina gemacht, um mit dir über unsere Trennung zu sprechen?"

Stacey blickte ihn überrascht an. „Ja, ist es nicht so?"

Er streichelte sanft ihre Wange. „Nein."

Sie sah ihn immer noch verständnislos an. „Es wäre für die Kinder schlimmer, wenn wir uns trennten."

„Absolut."

„Und ihre Tante könnte die Vormundschaft einklagen ..."

„Das könnte sie, und sie würde es auch tun."

„Meine Familie liebt euch alle, sie würde mir das nie verzeihen."

„Niemals."

„Ich würde die erste MacDonald sein, die sich scheiden ließe."

Sie sahen sich eine Weile an, bis Ryan lächelte.

„Du willst mich immer noch? Obwohl alles so schiefgelaufen ist?" Stacey lehnte sich gegen seine Brust. „Oh, Ryan, es tut mir alles so leid."

Er streichelte ihr Haar, dann zog er sie näher neben sich. „Nein, Stacey, es ist in Ordnung. Es ist nicht deine Schuld. Margie hat mir alles erzählt. Ich bin derjenige, dem es leidtun müsste."

Die Knöpfe seines Hemdes drückten sie. Automatisch begann sie sie zu öffnen. Sie strich ihm sanft durch das weiche Brusthaar und lehnte sich wieder an ihn. „Wenn du letzte Nacht eine Stunde früher gekommen wärst, hätte alles anders geendet." Sie begann, mit beiden Händen seinen Rücken zu streicheln.

„Weißt du eigentlich, was du da tust?"

„Sicher, ich bin doch nicht so naiv, wie du denkst." Stacey küsste seine Brust und erforschte mit den Lippen jeden Zentimeter, bis Ryan aufstöhnte.

„Stacey, wollen wir unsere Unterhaltung nicht zu Ende führen?"

„Sind jetzt nicht andere Dinge wichtiger?"

„Margie hat mir aber Vorwürfe gemacht. Ich wäre nicht geduldig, nicht sensibel genug. Sie meinte, ich wäre ein elender, lüsterner Kerl, der es nicht verdient, dein erster Liebhaber zu sein."

Stacey setzte sich wieder aufrecht hin und sah ihn an. „Sie ist verrückt. Ich liebe dich, wie du bist!"

Wieder küssten sie sich, bis Ryan Stacey sanft von sich schob. „Gerade muss ich daran denken, wie es anfing", sagte er. „Da laufe ich in ein Wohnzimmer und verliebe mich."

Stacey fuhr mit der Zunge über seinen Hals und lachte leise, als er aufstöhnte.

„Das Problem war, dass ich glaubte, dir nichts bieten zu können. Wer würde schon einen Mann mit vier Kindern heiraten?"

„Ich."

„Ja, und dann dachte ich, die Kinder wären der einzige Grund für dich, mich zu nehmen."

„Ich habe dich von Anfang an geliebt."

„Ich habe das nicht begriffen. In unserer Hochzeitsnacht habe ich dich so sehr begehrt. Ich wollte zärtlich sein, aber irgendwie gelang mir das wohl nicht."

„Ich brauche vor allem ein Zimmer ohne horchende Brüder an der Wand."

„Wie bitte?"

„Hat Margie dir das nicht erzählt?"

„Nein."

„James und Randy haben uns belauscht. Sie konnten jedes Geräusch mithören, jedes Stöhnen, das Quietschen der Bettfedern. Das konnte ich nicht ertragen, ich fühlte mich wie im Schaufenster."

Ryan lachte.

„Ryan ..."

„Es tut mir leid." Er prustete wieder los. „Es tut mir sehr leid." Plötzlich musste Stacey ebenfalls lachen, es war so befreiend.

„Arme Anastasia Elisabeth! Ich hatte keine Ahnung davon."

„Wir haben uns dumm verhalten, Ryan. Unsere Hochzeitsnacht im Haus meiner Eltern verbringen zu wollen, dann mit einem kranken Kind im Haus ..."

„Es tut mir alles so leid, Stacey. Ich dachte, du benutzt Christy als Ausrede."

„Ich habe nie Ausreden gesucht, Ryan. Als du in Jacksonville warst, hatte ich genau geplant, wie ich dich verführen wollte."

„Und ich kam herein und fand dich halbbekleidet auf dem Boden. Ich habe mir Sorgen gemacht, ich dachte, du wärst krank oder es wäre etwas anderes passiert."

Stacey küsste seine Stirn. Sie hatten sich genug entschuldigt, die Nacht lag vor ihnen.

„Ryan", flüsterte sie, „was auch passieren sollte – diesmal wollen wir uns nicht stören lassen."

Ryan zog ihr den Pullover aus und öffnete ihren BH. Er hatte es nicht eilig, streichelte sanft ihren Rücken und berührte ihre Brüste.

Stacey stöhnte auf. „Ryan, warte nicht so lange! Liebe mich endlich. Ich kann es nicht mehr ertragen."

Ryan hob sie auf die Arme und trug sie ins Haus. Drinnen brannte keine Lampe, aber der Mond schien, und sein mildes Licht zeigte ihnen den Weg zur Treppe.

Ryan ließ sie behutsam auf dem Bett herunter. Dann legte er sich neben sie.

„Bitte …" Stacey liebkoste sein Ohr mit der Zunge, und er begann, jeden Zentimeter an ihr zu erkunden, langsam und ausgiebig.

„Wir haben sehr viel Zeit, Liebling", flüsterte Ryan zärtlich und küsste sie. Endlich, nach einer quälend langen Zeit, bedeckte er ihren Körper mit seinem und drang in sie ein. Gemeinsam erreichten sie den Höhepunkt – Staceys Träume waren Wirklichkeit geworden.

Später lagen sie zufrieden auf dem Bett. Stacey seufzte zufrieden. „Das war der ideale Ort für uns, Ryan. Wie lieb von dir, das Haus für uns zu mieten."

„Zu kaufen! Ich war so lieb, es zu kaufen."

Sie setzte sich auf und blickte ihn ungläubig an. „Das kann nicht sein!"

Ryan zog sie zu sich herunter. „Es ist für dich, Stacey. Das ist mein Hochzeitsgeschenk für dich. Ich bin gestern hierhergekommen und habe alles auf deinen Namen eintragen lassen. Dieses Haus soll nur für uns da sein. Wenn wir irgendwann einmal vergessen, was wir uns bedeuten, werden wir einfach hierherkommen."

„Du hast mich so glücklich gemacht", flüsterte Stacey. „Aber ich finde, wir sollten noch ein bisschen weiter lernen. Magst du das?“ Sie knabberte zärtlich an seiner Unterlippe. „Und das?“ Sie küsste verführerisch seinen Hals.

Ryan zog sie an sich. „Und jetzt bin ich an der Reihe, herauszufinden, wie gut wir uns verstehen.“

„Ich liebe dich, Ryan, und ich weiß, dass du mich liebst. Ich glaube, an diese Nacht werden wir uns immer erinnern.“

Das Zimmer wurde jetzt nur noch vom Mondlicht erhellt, die letzte Kerze verlosch.

*– ENDE –*

*Emilie Richards*
Sehnsucht nach deiner Zärtlichkeit
Band-Nr. 25469
6,95 € (D)
ISBN: 978-3-89941-766-1
192 Seiten

*Emilie Richards*
Rückkehr an den Ort meiner Träume
Band-Nr. 25430
8,95 € (D)
ISBN: 978-3-89941-707-4
320 Seiten

*Emilie Richards*
Das Haus in Georgetown
Band-Nr. 25471
8,95 € (D)
ISBN: 978-3-89941-768-5
640 Seiten

*Emilie Richards*
Glut der Liebe
Band-Nr. 25472
7,95 € (D)
ISBN: 978-3-89941-769-2
304 Seiten

*Emilie Richards*
Das Paradies am Ende der Welt
Band-Nr. 25252
6,95 € (D)
ISBN: 978-3-89941-417-2
304 Seiten

*Emilie Richards*
Sehnsucht nach Neuseeland
Band-Nr. 25203
6,95 € (D)
ISBN: 978-3-89941-296-3
304 Seiten